看不见的零等星

吴元锴 著

上海文艺出版社

001/	01	守木 停停停，我们可不想听背书
011/	02	青冶 看，我们把它变成了一只昆虫
025/	03	守木 当守木来到两扇打开的门前
035/	04	青冶 找零九十三元六角请收好
051/	05	守木 模仿一个魔术的前提
065/	06	青冶 唱你会唱的歌
081/	07	守木 敌军还有五秒到达战场
095/	08	青冶 给我好好拿着
109/	09	守木 上一次是鸽子，这回就变玫瑰
119/	10	青冶 请您到两侧的展台进行体验

目录

145/ **11** 守木
魔法阵必须投入些什么才能发动

159/ **12** 青冶
咚咚咚！咚咚咚！咚咚咚咚咚咚咚！

173/ **13** 守木
冰激凌要吃多少没有？

181/ **14** 青冶
正在为您重新规划路线

199/ **15** 守木
这根本不是游戏

217/ **16** 青冶
如果是你，一句话就能办到

229/ **17** 守木
海顿说不出什么，格里格却知道这么多

245/ **18** 青冶
真正的答案就在身边

263/ **19** 守木
这就是警察的工作

277/ **20** 青冶
流星的证明

01
守木

停停停,
我们可不想听背书

"这个小区是城堡哟。"戴面具的男孩说,"就算丧尸爆发也不怕。"

小区中央有个小广场,周围环绕着三层观众台,男孩就站在最高的一层,守木不得不抬头看他。

是在排练儿童剧?

男孩戴着白色面具,身披紫色斗篷,手中握着一根顶端饰有水晶球的金色短杖。他的脚边坐着一个身穿黑色萝莉连衣裙的女孩,颈部扎着一根黑色颈圈。另一边站着一个穿茶色制服的男孩,他的手中支着一把寒光凛凛的大剑。守木看了好几次才确认那是塑料制品。

三人都是小学五六年级模样,此刻一齐望着守木。

城堡吗。守木心想真是个合适的比喻。

这个名叫半岛御苑的小区位于河流急转形成的三角形湾地。东西两面是长洲河,水面宽度超过五十米,南面是一道高逾三米的钢制安全护栏,带有尖刺的上沿向外翻出,顶部还装有电网。

小区由一家高级安保公司全权维护。配有 24 小时电子巡更系统、联网门磁系统、温感探测器、360度全覆盖电子眼、红外探测器等先进设备。安保人员也认真负责，连守木进来都费了一番功夫。

然而此刻联系人的电话无法接通，自己仍然无法进入目标大楼。

看着小学生们，守木脑中灵光一闪，说不定他们之中就有那幢楼的住户。

"大姐姐，你是丧尸吗？"小女孩忽然说。

啊？守木一时未能反应。

"爸爸说，从外面进来的人全部都是丧尸。"小女孩说。

这——守木想，真是便利的安全教育。

"笨蛋！"大剑男孩反驳她，"这个大姐姐怎么会是丧尸，她穿着警服呢！是警察哟警察，我们的人。"

大剑转过头向守木龇牙示好。

被小学生叫作"我们的人"，守木有点想笑，但看来门卡是没问题了。

"——不过，小武，"面具男孩开口了，"如果这个大姐姐真是丧尸的话，就会是最厉害的丧尸哦。前天你来我家玩末日之路，不是就被武装丧尸杀了好几次吗？"

"哇，对噢！"大剑立即收起笑容。

这家伙。守木盯着面具，没想到对方也毫不在乎地对视过来。

"大姐姐刚才在那边转了好几圈，是想进21号楼吧。"

竟然被小学生看出了意图，守木索性放弃了迂回策略。

"是的。如果你们有人住在21号楼，可以借给我门卡用一下吗？"守木直觉面具还会纠缠，首先掏出了警官证。

"哇，"大剑凑近看，"是真的警察。"

"是见习警。"面具说。

"见习也是警察。"守木收起警官证。

"但我们——"大剑想要说什么,但被面具打断了。

"但是真的警察也可以是真的丧尸哦。"面具说,"大姐姐要怎么证明自己不是丧尸呢?"

还要继续这个游戏?守木皱了一下眉头。

"那么,你想要我怎么证明自己不是丧尸呢?"

"很简单,有智能的就不是丧尸,"面具说,"只要回答我们一个问题就好。"

大剑和萝莉同时翘起嘴角,交换了一个眼神。

"是涉及个人隐私的问题吗?"守木问。

"不是。"

"是涉及国家机密的问题?"

"不是。"面具说,"就是我们情景剧里的小问题。"

"OK。"守木点点头。

面具说:"如果回答不上来——"

那就算我是丧尸好了,守木想说。

"就一辈子当见习。"

守木的心跳停了一拍。

不过是些恶作剧的小学生,守木平抑着呼吸,这样告诉自己。

"来吧。"

面具拍拍手,三个小学生立即在观众席上站成一排,面对守木。

"Zombie Test——"

"Start!"

"在很大很大的世界的某个角落。"萝莉张开手臂。

"有一个童话般幸福的国家。"大剑原地转了一圈。

"那里没国王。"面具说。

"也没有奴隶。"大剑说。

"没有小偷。"萝莉说。

"也没有监狱。"面具说。

"没有饥饿。"大剑说。

"也没有疾病。"萝莉说。

果真是个童话,守木想。

"那儿只有一个护卫长。"

"守护着这幸福的一切。"

"你是——"大剑向守木展开手臂。

"你是——"萝莉向守木展开手臂。

"护卫长的孙女。"面具用短杖指向守木。

反复排练过吧,守木想。

午后的薄日从看台后方用金线勾勒出云层的轮廓,守木眯起眼睛,在这充满形式感的光线中,守木几乎真要把自己当成那个未知国度的少女。

"无忧无虑地成长。"

"享受着友情。"

"梦想。"

"爱情和家庭。"

"可爱的孩子。"

"日子一天天过去。"

"老护卫长即将离开这个世界。"

"在他的床边你成为了新的护卫长。"

"宣誓守护这个国家。"

"他留下了一把钥匙。"

"通向大图书馆的地下室。"

"那里会有什么呢?"

"那里会有什么呢?"

"那里会有什么呢?"

"在那里面是一个孩子。"

"他什么也看不见。"

"什么也听不见。"

"什么也不会说。"

"每天经受着极度的痛苦。"

"不休不眠地嘶叫。"

"但也无法死去。"

"原来这个国家的一切。"

"所有欢乐。"

"所有健康。"

"所有繁荣。"

"所有丰收。"

"所有好运。"

"所有成功。"

"所有幸福。"

"都由这个孩子痛苦的嘶叫得来。"

"如果将这个孩子带出地下室,结束了他的痛苦。"

"这个国家所有的繁荣、美丽和喜悦。"

"在那一刻都将毁灭。"

"美丽的护卫长哟。"

"聪明的护卫长哟。"

"唯一的护卫长哟。"

"你会怎么做?"

回过神时守木才意识到自己握紧了拳头。

"欧麦拉。"守木说。

"是哟,"面具向守木竖起大拇指,"就是欧麦拉的童话。"

"你会怎么做?"萝莉问。

守木要求自己冷静,自己曾在课堂中学过这个典型伦理问题,守木回忆着书本中的解答。"边沁主义提供了一种基于衡量、合并和计算幸福的解决方式——"

"停停停,我们可不想听背书,"面具打断守木,"就说大姐姐自己会怎么做,回答不了就当一辈子见习噢。"

"十——"面具开始倒数。

守木的脑中一片茫然。

"三——"

"二——"

守木涨红了脸,大声说,"我——"

"喂!又是你们,"后方传来声音,"看台禁止攀爬!"

守木转过头,一个穿黑西服的年轻男人正向这边赶来。

"我是站!"大剑嚷嚷,"我没爬。"

"你们几个！要我去调视频给你爸妈回放？看看你们一下午都在干啥。"男人快步走来，守木的视线停留在他英俊的脸上。

"不要哇。"

没等男人走近，三个孩子就跳进广场后方的绿化带逃远了。

男人走向守木。

我的脸还红吗？守木有点儿担心。

"守木警官，我来晚了。"男人走到守木面前。

"刚才去正门接您，门卫说您已经进来了，这会儿才找到您，真不好意思。"

"我叫凌林，"男人主动掏出名片，"是 DeepWater 的安全员，这次负责与您对接。"

守木低头查看名片：资深安全专员。

名片用料考究，漆黑的纸面上用某种反光材料印着公司名称：Deep Water World Wide，LOGO 是三颗颤动的水珠，仿佛轻抖一下就会滑落。

守木伸出手指，从暗色水滴的倒影中看见凌林在笑。

"啊哈，3D 打印，挺漂亮吧，刚才那几个小朋友也追着我要过，只能一人给了一张。"凌林苦笑。

"他们是小区住户的孩子？"守木收起名片，两人一边说话，一边沿着小径往前走。

"是的。"凌林说。

"资深安全专员，"守木重复凌林的头衔，"负责哪些工作？"

"嗨，就是保安，也像管家。不不，实际上是保姆，"凌林摊开手，"那个叫欧麦拉的故事，很可怕吧？除此之外还有火车司机系列，救生艇系列，全是些可怕的问题，我也被他们捉弄过好几次。"

"现在的小学教育真是深刻。"守木说。

"嘿，那是本小区少年活动中心的话剧兴趣班弄的。"凌林说，"他们去年排练了全本麦克贝斯，今年开始制作伦理短剧。"

"指导老师真专业。"守木感叹。

"倒是没有找专业老师。我们小区所有的兴趣班老师都是家长，"凌林说，"话剧，钢琴，绘画，舞蹈，编程，击剑，高尔夫，这也是为了实践本小区互利互助的……"

说话间两人走进一片绿化。十来株加拿列海枣后是精心养护的热带植物。又走过一个拐角，几株优雅的植物散落在偌大的草坪中央，如插花般重叠着伞状的树冠。

"对节白蜡树。"守木不禁脱口而出，这是自己只在植物图鉴上见过的珍稀树种。

凌林报以赞许的微笑，"这几株是小区居民捐赠的。"

守木默默感叹。

两人继续向前，紫柚、火莲、幽灵兰、哈尔费蒂玫瑰……踏入绿地的核心，高贵的植物接二连三映入眼帘。

这是要造植物园？不，守木立即否定了这个比喻。

植物园用一张电影票的钱就能玩上一天，但是这里，如果不被认定拥有某种资格，即使是作为现役警察的自己也无法轻易踏入。

正如小区的名字所示，这里是——"御苑"。

站在21号楼下，守木再次想起了面具少年的脸。

或许这个小区真是城堡，其中居住着许多位国王。但你是否知道，就在不久之前，这些国王中的一位在他三十三层的堡垒中诡异地死去了。

进入楼内,冷色调的光线让温度骤降,身穿黑色制服的楼管向两人敬礼。凌林点了点头,从衣袋中掏出一张卡片,打开通向现场的电梯。

02

青冶

看，我们把它
变成了一只昆虫

冷雨直接落进脖子。

冰与火的触感如此相似。第一颗水珠带着强烈的灼痛，让人浑身一颤，第二第三颗就已经麻木，雨水渗入体内，只剩自上而下的寒冷。

在倾盆而下的骤雨中，青冶几乎感觉不到自己的脸了。

时值三月，春天的假象维持了不到一周，前天起气温突然暴降至三摄氏度，刚才离开站点时天色晦暗，原以为只是接近傍晚，没想到突然下起大雨。

雨布只有一块，整个儿覆盖着电动车后座的蓝色货筐，用弹力带死死扎紧，不用担心货物。

青冶担心的是放在电动车踏板上的四个纸箱。起初想用雨披下摆挡着，但转眼就被强风掀开，青冶脱下雨披，将四个纸箱包紧。

7号楼一个，9号楼三个，先送掉它们就能穿回雨披。青冶在门卫室签了字，冲进小区。

小区仿古设计，整个地块呈葫芦形，绕着外延铺设了一条8字形的粗宽干道,说是8,实际是收腰的0,两圆相切处由一条比主路稍窄的小路贯通,上方造着古典园林式的廊顶,廊外是池塘、假山、大片绿化。

青冶冲到廊下,立即跳下车检查踏板上的包裹。雨披紧紧裹着纸箱。青冶吁出一口气,抹去脸上的水珠,低头推着车向前,长廊的对面就是9号楼。

"出去!"

青冶浑身一震。

抬起头,首先见到一张三角形的狗脸。

狗说人话?再抬头才看到声音的主人。

一个五十来岁的鬈发女人穿着成套的耐迪运动服挡在路中,她的身前立着一只白毛灰背的大型犬。大犬的肩高恐怕超过80厘米,惊人庞大的身躯让头部更显窄小狭长,一对尖耳戳向脑后。

青冶看着大犬。

大犬满不在乎地侧过长圆形的眼睛,视线落在青冶的喉头,微张巨口露出剪状白牙。

青冶瞪回去,大犬转正了脑袋,耸起肩部,青冶这才注意到它没有系绳。

看见青冶没有后退,女人再次呼喝。

"出去出去,这里是给人走的路,出去!"

"嗷!"伴着女人的呼喝,大犬一声猛吠,刺破雨幕,远处什么地方传来婴儿的哭声。

青冶看看女人,又看看大犬,摊开手。

"你说,这家伙是人?"

女人一时语塞，随即大骂，"这里是步道，步道你懂伐！"

之前来这个小区送快递时，青冶曾多次见到人们骑车通过长廊，保安也常常开着电动巡逻车经过，哪儿都没有禁止非机动车通行的标志。

"人行道上不可以遛狗啊？"女人低声骂，"乡巴子。"

是因为自己带进了雨水？青冶只觉莫名其妙。

沿着裤管滴落的雨水在地面积成了一个小洼。

"人行道？好啊。"青冶推起车往前，"我现在是在推，没有在骑。你去问问交警，可不可以在人行道上推行。"

"你——这里是我们的小区，就是要按我们的规矩来，"女人横过一步挡在车前，"今天就是不能走，叫谁来也不能走。"

大犬"呜"地扑上，撑住车头，压向青冶。

青冶拽着车头猛退，跟跄了好几步才没摔倒。大犬没有跟进，发出两声嗷叫再次挡在路中。

"嘿，"女人笑，"看你走呀。"

踏板上的雨披被抓破了，露出包裹，青冶低下头，心中一阵悔恨。一开始就绕路多好，要是被拒收怎么办？再淋一会儿雨算什么，本来就已经淋透了。

——身体里有什么正在涌出。

青冶咬紧了牙。

大犬看青冶站着不动，又蹿上一步。

那一瞬，犬的视线和低着头的青冶对上了。

大犬像被子弹击中似的向后一蹦，在地上连打了两个滚，蜷到女人身后。

青冶听见那不像是自己的声音。

"罗西亚猎狼犬。身高，69—79厘米；体重，35—48公斤；生性敏捷，动作激烈，因在沙俄时代被贵族们用来猎狼得名。凶猛强壮，捕猎时能一口咬住脖子将狼摔倒在地。"

青冶抬起头。"给你一分钟，和这只畜生一起消失在我面前。"

"啊？"

"如果今天送不完这些包裹，再被投诉一次就要失业了。"

"哎哟那更加好了。"女人说。

"《新都市养犬管理条例》第十二条：禁止个人饲养烈性犬只。包括藏獒、意大利纽波利顿犬、法国波尔多犬、阿根廷杜高犬、英国马士提夫犬、拳狮犬、笃宾犬、卡斯罗犬、高加索犬、纽芬兰犬、可蒙多犬、罗威纳犬、灵缇犬、德国牧羊犬、阿富汗猎犬、罗西亚猎狼犬。

"第二十二条：养犬人携带犬只外出应当遵守下列规定：第二项，为犬只束牵引带，牵引带长度不得超过两米；第三项，为大型犬只戴嘴套。

"第二十五条：养犬人不得驱使或者放任犬只恐吓、伤害他人。

"违反本条例第二十二条第二、三项规定的，由公安部门责令改正。违反本条例第二十五条第一款规定，放任犬只伤害他人的，由公安部门处五日以上十日以下拘留，并处二百元以上五百元以下罚款；吊销《养犬登记证》，收容犬只。情节严重者依法追究刑事责任。"

"你放屁！"女人大叫，"这里是公共场所吗？这小区都是我的！"

"30秒。"青冶拿出手机。

"30秒之后我会开始录像。"青冶说,"如果你们还有什么动作,我也会立即录像。"

"做啥?"

"我这样的人,有的是时间,把录像贴遍全网,让所有人看看你的所作所为;去发在每一个监管部门的推博、警务平台,让你变成网红。"

"神经病!"

"我真的好奇网友们会关心些什么,这种烈性犬是哪来的?买的?送的?有没有犬证?怎么办出的证?既然说这小区都是你的,那有多少财产,来源是否正当?"

"神经病!"女人歇斯底里地大叫,"小瘪三你要敲诈!"

"是的,我就是个小瘪三,"青冶梗着脖子,"有本事现在放狗一口把我咬死。"

"但只要赌上一切,我一样可以打倒你!"

银光一闪,一个落雷劈在身边,猎狼犬吓得蹦起两米;青冶耳膜发疼,咬紧下颚,屹立不动。

"今朝碰着神经病了,"女人连连后退,"神经病,神经病,神经病……"她念个不停,一转身走了。

青冶在原地站了好久。

青冶将三个纸箱搬进电梯,按顺序摆好。三个箱子都不轻,第二个更是沉得离奇。

青冶对照楼层按键时才发现左手的指节不知什么时候破了。血水缓缓渗出,看着才感觉到微痛。

关于罗西亚猎狼犬的知识来自小学时看过的动物图鉴。养犬条例则是去年在宠博会上打零工时无意中记下的。

虽然弄清了知识的来源,却不明白那样的自己。

青冶扭头去看纸箱。

三个红色纸箱上都印着"女王节"专属图案和主题宣传语:女王降临,华丽绽放。

华丽……绽放,在电梯的加速中,青冶微微有些失神,每顺利送达一个包裹,可以拿到1.7元。

楼层很高,电梯要走上一会儿,有时候也会觉得是一段喘息。

电梯中挂着某幼儿英语培训机构的广告,纸箱上方的是"猫妈",另一侧是"虎妈",由同一个女演员扮演。虎妈戴眼镜,猫妈不戴,如果不看广告语,还以为是眼镜广告。

"左手是猫,右手是虎——"

"右手是虎,左手是猫——"

"教育有智慧?"

青冶念着广告词哈哈大笑。

因为纸箱外有擦痕,收货人要一一开箱验货。幸好货物一切完好,看着全身湿透的青冶,对方没再说什么,签收了包裹。

电梯下行时在21层打开,走进一个高中生模样的女生。

女生没带雨具,手中只拿了一个方形的簿本不停地翻着,"42,42,42……"

电梯下到17层时,女生从书中撕下一页。

"师傅,给你。"女生把撕下的那页往青冶手中一塞,随手按了个楼层,开门走了。

居然叫师傅……青冶把书页转到正面。

"——看,我们把它变成了一只昆虫。"

"昆虫"两个字用了黑体特大号,顶上还标着拼音"kūn chóng"。

图中画着五个昆虫。

正中间是一个长着人脸的大甲虫,笑眯眯地看着青冶。

周围四个是蜜蜂、瓢虫、蛐蛐、蜘蛛,个个一脸欢快。

青冶苦笑着摇头。

左下角写着书名,《轻松小画家系列:最新儿童简笔画分步图典》。

今天尽是些莫名其妙的事。

青冶把纸一团,塞进口袋,准备一出楼道就丢垃圾桶。

走出大楼时雨还在继续。

青冶的心突然咚咚直跳。

当意识到问题所在时,青冶差点叫出声。

停在楼道口的电瓶车没了。

送了那么久快递,第一次发生这样的事。

青冶绕着9号楼跑了一圈,什么也没有发现。有个提着蔬菜的老头经过,询问后也毫无收获。

电瓶车钥匙还在手中,肯定无法骑行,推着走这会儿应该去不了很远。心中有种不祥的预感,青冶强迫自己冷静,这儿离小区两个出口都有一段距离,到底是哪个?

青冶向近一些的北门走了几步,但又直觉西门更有可能,转身向西门跑。

口袋中传出沙沙声,青冶掏出纸团,向垃圾桶掷去。

纸团击中垃圾桶边缘,弹回路面中央。

嗤！青冶跑上前捡起纸团，想再投出时停住了手。

纸团上的图案让他心中一怔。

青冶展开纸团，翻到刚才没有注意的反面。

——第八节：葫芦形。

——你们看这是什么形状，看我们怎么画，来把它变成一个动物。

纸页的正中画着一个葫芦形图案，上面的圆圈中用水彩笔涂了个蓝点，那代表蜜蜂的左眼？

图案与小区的地形完全吻合。蓝点的位置在小区游泳馆后方，青冶记得那里堆放着许多大型杂物。

青冶握紧纸团，抬腿就跑。

青冶跑到杂物场，一个穿黑雨披的大个子正抬着青冶的货篮往垃圾堆上倒。

"喂！"青冶跃上一步拽住他的胳膊，揪着雨披将大个子掀倒在地。

青冶举起拳头："偷我的车！"

扯开的雨帽中露出了一张稚气的脸。

青冶愣住了。

雨披中是这个小区的保安，大概是年龄相仿的缘故，每次看见青冶都会微笑招呼。青冶因此记住了这张脸。

青冶的拳头悬在了空中。

年轻的保安满脸惊恐。

"不，我、我是这个小区的保安呐。"

青冶放下拳头，仍然揪住他的领子。

"是谁让你把我的车拖到这儿来的？"

虽然心中已有答案，但如果对方说出来就能成为证据，"说。"

"是我哟。"身后传来一个意外的声音。

声音近在咫尺，青冶有些吃惊，完全没察觉有人站到了身后。青冶丢下保安转过身。

面前站着一个年轻的男人，比自己大两三岁的模样。举着一把印有 DeepWater 字样的黑伞，西服和皮鞋也是黑色。

"啊……总。"保安瞪大了眼睛。

青冶没听清是什么总，但看样子是这儿的保安队长。

男人的手中拿着一根橡胶棍，棍头有些许不祥的擦痕。

"嘿，"男人笑了笑，"一拳打下去多好，害得我也不能用棍子敲你的脑袋了呢。"

男人说得轻松，但却散发出强大的压迫感。

如果刚才自己动手，恐怕现在已经被从脑后一棍子敲晕了。

"对付野兽，果然还是这玩意儿最有用，"男人抬起警棍，"可别欺负我的部下哦。"

青冶迅速后撤了一步，死死盯着男人。

"哦，哦。难怪把那只猎狼犬瞪跑了。"男人说，"不过对我可没用。"

青冶提醒自己不要冲动。"为什么偷我的车？"

"偷？"男人摊了摊手，"我们只是把你的车，放到该放的地方而已。"

"胡说！"青冶压抑着怒火，"我每次送 9 号楼都停在那里，为什么这次就被你们拖走？"

"啊哈，"男人指着从地上爬起来的保安，"那是因为我们的小同事今天特别认真负责。至于具体规定,你要不要看看我们的《小区内道路管理条例》?"

"那为什么连货篮都翻倒了?"青冶难以抑制音量。

"意外意外,"男人说,"抱歉抱歉。"

"喂,真是这家伙指挥你把我的车推走的吗?"青冶转向保安。保安不说话,只是低头看着地面。

"我要看9号楼前的监控。"青冶说。

"为了保护小区居民的隐私,调取监控视频要向小区所在地的派出所申请,不过嘿嘿,就算拿到了许可,"男人说,"这样的坏天气,有些摄像头说不定就失效了。"

"畜生。"青冶握紧了拳头,愤怒已经淹到了胸口。

"对,被逼到角落的畜生,唯一能够依赖的就只有这点儿可怜的暴力。"

男人说着丢开雨伞,捡起脚前的一个包裹。

包裹和卷筒纸差不多大小,男人托在手中掂着分量。

"嘿,"男人像打棒球似的把短棍扛在肩上,"接好了哦。"

"还给我!"青冶着急了。

"这就还给你。"男人抛起包裹的瞬间,青冶一跃而上,把包裹抢在怀中。

"咚。"棍头击中了青冶的左肩,青冶滚倒在泥水里。

钝痛狠狠扎入体内,青冶的肩头不住颤动,强迫自己不发出任何声音。

"呜呼,"男人说,"这可是你自己撞到了我的棍子上。"

青冶摇晃着站起。

"弄不明白,"男人说,"不就是包裹吗?送一个能赚多少钱?5元,10元?为什么那么拼命。"

青冶压制着疼痛。

"这些包裹是,"麻木感从肩头扩散,"人们的托付和——"

"我的承诺。"

"哇哈,不得了,"男人的脸上始终保持着微笑,"为了这种无所谓的承诺,居然努力到这个地步。"

"在这个世界上,没有一个承诺是无所谓的。"青冶说。

"那不过是因为,"男人再次举起短棍,"在你的人生中没有比这堆破烂更重要的东西而已。"

青冶抬起拳头,收紧下颌。

"噢噢,来来,"男人笑着,动作却毫不大意,立即向外滑了一步,"可别小瞧了 DW。"

短棍加分,西服减分,青冶估算着对方的攻击距离,如果自己的左手还能动,说不定还有些胜算。

"说不定能一拳打倒我呢!"男人说中了青冶的心思。

青冶注视着对方的眼睛。

百分之一、千分之一、万分之一的胜算又怎样。

青冶将力气灌入腰腿,这一拳必须打出!

凝固的空间中积压起了骇人的势能。

青冶的力气涨满胸膛。

"不要打!"

一声大喊撕破了力场。

"都是我的错!"

"在搬动过程中不小心弄倒了快递员的车,一切损失由我赔偿!"

青冶转过头,年轻的保安深深弯腰,几乎就要摔倒在地。

"都是我的错,大家不要打。"

保安的头顶正对着青冶。

是在对我说话。青冶想。

"……对不起……是我不小心,所有损失由我……"

青冶浑身无力,放下了胳膊。

"哼。"男人收起短棍。

"今天就放你走。"男人说,"可别漏下什么噢。"

"你再也进不了这个小区了。"男人张开雨伞,"不,是所有 DW 维护的小区。"

男人消失在雨雾里。

所有的包裹都湿透了。

青冶一个个捡起包裹,查看污损,放回货篮。

保安慢慢走近。"我也……"

青冶一把推开了他,但立刻后悔了,保安的眼中涨满了泪水,"我就是个小保安啊……"

青冶抿紧嘴唇,默默承载着雨点。

所有包裹都收好时,天空已经暗透,雨水并没有要减弱的意思。从刚才起袋中的手机就一直震个不停。全都是催件的吧,青冶没有理睬,跨上电动车。

快递公司的 ID 卡和身份证绑定,DW 维护的小区一概禁止入内,自己的快递员生涯恐怕也就到此结束了。

小区的景观灯亮了,沿着道路环绕前行,仿佛伴着无限延伸的彩虹。这是青冶曾经十分喜欢的风景。

"这个,你……"小保安不知何时脱下了雨衣,叠成一块递给青冶。青冶没接,他就塞进了车篮。

青冶不去看他。

红白相间的道闸抬起,冲出小区的一瞬,大颗泪珠涌出眼眶。

滚烫的泪水沿着脸颊滑下。

青冶一次又一次对自己说:

没事,没事,这是不是说明,我的身体里,还是热的。

03
守木

当守木来到
两扇打开的门前

守木坐在工位上敲打键盘。

面前是一台 CRT 显示器，黑底绿字的屏幕上像是 DOS 的系统不时发来按键的指令。

守木根据指示按键。

需要按哪些键，按几下，按键的顺序，都简单明确。

守木一一仔细完成，这就是她日复一日、年复一年的工作。

"守木有时觉得，这有点儿像打字练习。"上方传来一个声音。

被说中了心思，守木不由翘起嘴角。

"或许有人觉得这工作枯燥至极，但守木却不这样认为。她认真对待每一个指令，作为某个巨大事业的一环，自己的每一次按键必有其特别的意义。"

声音像从天花板上传来。

是幻听？守木想。

右手边合着一份 122 页的报告，光是标题就有 24 个字。

是什么来着？守木拿起报告翻到了正面：

事故、事故、事故、事故，

事故、事故、事故、事故，

事故、事故、事故、事故。

嗯，就是这样，守木点了点头。

在她正要将文件归档时，脑海中忽然产生了一种矛盾的想法：阅读这份报告，难道也是我的工作？

在守木犹豫之间，一声短促的蜂鸣从显示器的后方传来，这代表上一条指令等待反馈已经超过 30 秒了。

"守木不想让系统等待超过 1 分钟，因为这会形成一条永久性的延迟记录。"声音说。

守木丢下报告敲打键盘。

A，B，L……最后一个字母怎么也找不到，守木将整张脸都凑近键盘，在哪里？守木终于找到了字母"E"，又迅速按下 Enter。

赶上了吗？

一如往常，系统并不对反馈进行回应，但也没有再发出蜂鸣，只有那个亮绿色的"｜"持续闪烁着。

"守木认为自己及时发回了反馈，然而奇怪的事情发生了。"

"自那之后守木在屏幕前坐了整整一小时，却再没有收到一条指令。"

从来没有发生过这种情况，守木试着敲击键盘。但屏幕上却没有任何变化，键盘像是从主机上脱离了。

"守木站起身，决定找人问问。"声音说。

守木站起身，整个办公层的灯都亮着，周围却异常安静，守木确定这里空无一人。

"守木从没有遇见过这样的情况,感觉有些吃惊。"

守木走到隔壁的工位,这里应该坐着一个和自己关系亲密的同事,但守木怎么也想不起她的名字。

办公桌上放着一只装有咖啡的白色马克杯。

杯壁的这一侧写着:"MORE THAN HUM——"。

守木摸摸杯壁,温度在可被感知的边缘,可以说是泡完之后半小时,也像是已经就这样放着一年了。

"守木摆脱了想要尝一口的念头。"

"守木决定去会议室瞧瞧,说不定是紧急事件。"

守木穿过空旷的长廊走向会议室,浅灰色地垫覆盖着整个地面,吸入了守木的脚步声。

右转,右转……连续七八个急促的右转,就在守木认为自己踏入了无限走廊时,一个小厅出现在眼前。

面前的墙壁上开着两扇相同的门,门内就是转角,看不到更远的地方。

"当守木来到两扇打开的门前,她走进了左边的门。"

左边的门通往会议室?守木想不起来了。

如果是这样,右边的门又通向哪儿?

"守木一时有些犹豫,但她明白自己的职责,守木走进了左边的门。"

守木走向左边的门,在即将踏入门槛的一瞬,她转过身,向右手边走去。

守木跨入右手边的门,门"咚"的一声在身后合上了。

"守木认为自己正在进行独立思考,但却意识不到自己这一行动到底出于思考,还是出于性格中的微小逆反?"

画外音开着玩笑。

守木抬起头。想象中的天花板上站着一个身穿黑色紧身衣的小人,正拿着全尺寸扩音器向自己说话。

光溜溜的小黑人只有正面,每个动作都巧妙地遮掩着自己的后背。

心中涌起一种严重的生理性不快,守木加快脚步。

右边的道路没有分岔,再次经过两个转角,守木在一个房间前停下脚步。

看起来像是杂物间的门上贴着编号:101。

"守木明白这只是一间普通的办公室,自己每天都会经过数次,没有什么地方值得驻足。"

小黑人说得没错,守木确实感觉自己常常经过101房间门前,这并不是什么特别的数字,行政楼中有成百上千的房间,有110就有101,当然哪儿还有011。

守木停下脚步是因为她感觉屋内有人。

守木贴门站了几秒,敲了敲门,门内没有传来任何回应。

门上除了弹子锁,还挂着一把老式密码锁,看起来像是上个世纪的产物。

守木拾起锁头凑近看,所有的数字都有着不同程度的磨损,说不定能依此判断出密码。

天花板上没有声音。

守木试了几次密码,但都无法打开密码锁。她无意识地按下门把,门向内滑开,隙开了5毫米宽的细缝。

守木将眼睛凑近门缝,室内一片漆黑,渗出一股带着甜腻的湿气。守木掏出手机,打开电筒向内照去,一切光线都消失在黑暗中。

守木打开摄像头,将手机前端插入隙缝。

屏幕先是整个儿一亮,进入门内就完全陷入黑暗。任守木怎样调节角度,屏幕中只有一片细沙般的暗红色噪点。

"守木做好了屏幕上会突然跳出一张怪脸的准备,但这只是个废弃的空房间而已。"

守木没有理会头顶的声音,将摄像头缓缓下移,在缝隙前蹲下。

101房间的地面铺着和走廊一样的灰色地垫,大概是很久没有打扫的原因,地垫上有一些暗色的污点,除此之外毫无特别之处。

守木抽出手机,翻过一面重新插入缝隙。

完全没抱任何希望,然而屏幕的右上角出现了什么。

守木反复点击那块模糊的白影,将摄像头尽可能向里探去,当手电的光线落上那团白影时,摄像头终于对上了焦。

那是一张皱巴巴的纸片。

纸片上沾着一些暗褐色的污点。

白光还原出污点的质地,守木的心揪紧了,即使不是警察也能明白那是什么。

污渍覆盖了一些字迹,守木用食指和拇指放大摄像头。

Meat……Locker……

守木能看懂这两个单词,但却无法理解它们的意义,纸片的下角微微翘起,能模糊地看见一个长方形标签,Room641。

"在一个标准的角色扮演游戏中,守木会找到某些工具,将纸片弄出房间,进而得到解开谜题、通往下一个场景的指引。"小黑人说。

即使没有提示,守木也准备这样做。守木抽出手机,从门前站起身,环顾着周围。

是那把绿伞吗?守木向走廊另一侧的伞架走去。

"砰!"身后传来一声巨响。"咔哒。"

"就在守木走向伞架时,一阵突如其来的穿堂风将101房间的门从里面推上了,更不巧的是弹子锁因为撞击合上,守木连这条5毫米的缝隙也失去了。"

混蛋,被骗了。守木转身再次按下把手,门已经从里面锁上了。守木确定那不是风。守木将耳朵贴在门上,什么也没有。

"如果早一点儿将绿伞拿在手中,依靠拆开的伞骨就能将纸片夹出。守木后悔没有多听听帮助语音的指导。

"'这么说你是帮助语音?'守木说,这是她第一次和那个神奇的声音对话。"

"我是你的心声,声音这样回答。"

"闭嘴。"守木说。

"守木并非真的想和语音作对,她只是有些——"

守木将伞掷出,金属伞尖敲中了天花板,发出"咚"的一声,声音消失了。

从那之后是无尽相似的世界。进入房间,离开房间,进入走廊,守木不知自己已经这样走了多久,八分钟?八小时?

守木按着脑袋。

"守木有些疲惫,确实,这么久的时间,即使只是按着W键手指都该酸痛了，她不时摸摸这个，碰碰那个，毫无头绪。

"她希望从现在的状况中脱离。如果一开始就跟着帮助语音走就好了。守木想。"

守木发现了，这家伙并不真的住在自己脑中，小黑人不知道自己发现了什么。

自己的跋涉并非白费。

每个房间看似相同，门框处也并没有刻着什么质数的幂。

但总有四件物品不同，装饰画、电子钟、办公椅和显示器。刚刚经过的一个房间有两张办公椅，却没有装饰画，之前一个房间有三个电子钟，却没有装饰画和显示器。

守木判断自己进入了一个由64个房间组成的矩阵，房间和房间之间由不规则的走廊连接，算上这一个，自己已经调查了39个房间。

守木走进第40个房间。

房间平淡无奇，然而这里却没有装饰画、没有电子钟、没有办公椅、没有显示器。

反复确认这一点后守木停住了脚步，感觉天花板上的家伙欲言又止。

这个四个元素都没有的房间不在64个房间的矩阵之中，那么就是"桥"？

房间中只有一张L型带转角的办公桌，另一侧堆着几个洗衣机大小的纸箱。

储藏室？守木打开一个纸箱，全部都是封存的档案。

守木打开一份报告。标题和自己桌上的报告相同：事故、事故、事故、事故……

"守木明白自己只是白费力气。"

守木将纸箱一一搬开。

搬开最后一个纸箱后,不一样的东西出现了。

在岩石色的墙壁内部,贴着地面嵌着一个正方形的金属柜。柜子长宽差不多一米二,在柜旁的墙壁上嵌着一个长方形的控制盘,上面只一个带有向下箭头的红色的按钮。

——是……电梯?

守木钻进金属柜。

"当、当守木来到两扇打开的门前,她走进了左边的门。"声音已经语无伦次了。

"你会后悔的。"

守木探出手按下按钮。

电梯立即下沉,参考箱体的震颤,速度十分了得。

视线之内一片黑暗,所以电梯也说不定只是在原地虚张声势地抖动。

守木起初保持着蹲姿,在发现电梯一时不会停下后抱着膝盖坐在柜底。

如果是梦的话,这也太逼真了。

就在十几秒前,电梯有一次轻微的停顿,背后传来的推力让守木判断它在平移,随后再次进入某条垂直的通道。

这条隧道比之前的都长,均匀的震动持续传来。

电梯终于停了下来。

钻出电梯,守木踏上了混凝土的地面。

以为自己来到了室外,然而以守木的视力还是分辨出了天花板,这是一个体育场大小的地下空间。

体育场的中央有一片幕布。

一台放映机正在播放着久远的电影。

守木向幕布走去,晃动的菱形光斑越变越大。

看到电影画面时,守木明白了这个梦的意义。

脱离梦境后一小时,守木与凌林再次站在事故现场。

现场已被收拾一新,如同一间样板房。

凌林还是穿着那套黑西装,露出英俊的笑容。

"先回答我一个问题行吗?"守木丢下报告。

"请。"

报告的叙述毫无破绽,整个事故确实只是一串不幸的巧合,然而它们的发生方式却和守木中学时看过的那部电影一模一样。

"这个人,是 DeepWater 杀的吧。"

守木紧盯着凌林,感觉他是第一次用自己的眼睛发笑。

04

青冶

找零九十三元六角
请收好

"收您一百,找零九十三元六角请收好。"

面前的顾客接过零钱走出店外。

青冶正要推上收银台时,店长从后面的小隔间走了出来。他已经换上了便服,青冶看了一眼挂钟,距离中班结束还有半个多小时。

"喂,那个拿来瞧瞧。"店长伸出手。

青冶将刚收到的一百元递给店长。

店长抓过纸币瞧了几下。

"这张,有点吃不准嘛。"店长说,"我拿去银行验下,你有零钱先垫着。"

哎?"店长——"青冶想说之前还有一张五十没拿回来呢。

"喂,可别再偷懒!上次你半夜睡觉的事儿我都没上报,要是被公司知道了,这一期工资可要扣掉不少。"店长说着走出店外。

一百元就这样没了?

青冶控制着力道推上收银台,呼出一口闷气。

刚上夜班时确实熬不住，自己也会垂头坐在柜台里盯着手机提神。但被摄像头拍下来时，不知怎么看上去就像是磕在柜台上睡着了似的。店长看到了这段视频，就总拿它说事。

"叮咚——"

几个年轻男女冲进店内，直奔零食区。

"欢迎光临。"青冶已经形成了条件反射。

几个人提着篮子随手抓抓，买走了七百多的零食和酒，用微讯钱包付了钱。

青冶在柜台内侧的纸箱上坐下，这会儿赶紧休息，一会儿就坐不下来了。

青冶工作的便利店紧挨着13号线3号口，左边是一家广告图文，右边是连续三家地产中介。蓝色的"恋家"，白色的"忠原地产"，红色的"太平海房屋"，三块店招紧紧贴在一起，第一次看见时青冶还以为是美发店。

头顶的挂钟滴一声，青冶揉揉脸颊，客流高峰近在眼前。

结束了第一趴活动的年轻人、搭乘末班地铁的白领、换班的出租车司机同时赶来。收银，充值，兑换，做豆浆，热饭团，装关东煮，收发点券……起初几天每到这时青冶都手忙脚乱，现在总算掌握了要领，能够勉强应对十多人的长队了。

果然，从十点半起青冶就没能离开收银台，足足干了一个小时，人潮才渐渐散去。

零点一过，街道像被施了结界，人群瞬间消失了十分之九。青冶换下汗湿的T恤衫，套回蓝色围裙。

在矿泉水纸箱上坐了两分钟，青冶强迫自己站起身，夜班这才刚刚开始。

青冶看着丸子机、包子机、烤肠机叹了口气，撸起袖管戴上手套，从洗手池底下拿出了清洁剂。

清洗这些玩意儿都是夜班的工作，光这一项就得花上两个小时。大大小小二三十件：铁盆、铁格、钢架、铁盖、铁夹、漏网……虽然哪一样都不算重，但要戴着手套一件件从泡沫水里拎起来翻来覆去地刷，绝对是个力气活。

青冶起初嫌橡胶手套累赘，赤手在清洁剂里泡了两天。关节处的皮肤就都皲裂了，只能乖乖戴回手套。

橡胶手套的掌面刻着菱形网格状的防滑纹，乍一看很专业，用起来感觉就是为了多卖几块钱加上的装饰性图案。

手套大概是为女店员准备的，青冶手指偏长，撑起来像长了蹼。没几分钟指间就积起了汗，又潮又闷。转头看见关东煮的机器上粘着一张卷角的塑料贴纸，红底金线描了八个大字：机器一开，客似云来。

青冶这会儿最怕顾客上门。不知对方什么时候会来收银台，只能脱了手套提前等着，等顾客结完账走人，黏糊糊的手套就很难再穿回去。

青冶从前也常在半夜去便利店买吃的，此刻回想起那些夜班店员，心中一阵敬佩。

不过要是别人看见我，也会把我当成老店员吧，青冶想。

在便利店才干了十几天，之前的日子已经像是一场梦。

十四件包裹外包装潮湿破损，三个当日件未送达。DW公司不仅将青冶列入了黑名单，还向运通快递总部发去了投诉信。

总部秉承先处理后调查的原则，投诉信立即生效，青冶当月的工资被系统全部冻结。若要拿回工资，需自行举证向人社部劳监机构申请仲裁。

青冶问老板申诉流程，老板像在看外星人。

青冶离开时，老板从抽屉里拿了一千，快递站其余九个快递员，每人又拿了一百。青冶在药店买了一瓶红花油，将剩下的钱都存入银行卡。

单手操作电脑的几天，青冶在同城网里找了这份便利店的工作。每晚九点到店，正式上班时间是九点半到翌日上午七点半，每小时工资十六元。

青冶掏出手机，用一百除以十六——六小时又十五分钟就这样被抢走了。

总有这样的事落到自己头上。像一个没伞的人站在没遮没挡的天台，眼看着暴雨落下，却只有跳楼和淋雨两个选择。

青冶再次想起了淋雨的那一天。

那种教科书般的垃圾，就连电影里都没有。

但还是有个地方想不明白：昆虫的简笔画，到底是怎么回事？

如果没有那张"地图"的指引，自己恐怕连车带货全部丢光。一下遗失那么多个包裹，整个快递站都会被总部重罚。

纯属偶然？青冶否定了这个想法。

来到电梯，查找特定页，撕下交给青冶。

女生的每个行为，其中都包含着明确的意识。

青冶努力拼凑出一种假设：女生在阳台上看见有人推走了电动车，她知道车被推到了游泳馆后方。女生想起家里某个简笔画册上有近似的图形,她知道此时车主就在电梯内,就找出画册赶来撕下了那一页给我?

不可能。

电动车停在檐下,只能从对楼的阳台看到,连第一步都不可能。况且那样的话,直接在电梯里告诉我车去哪儿了就行,万一我没猜出那个简笔画的意思呢?

青冶想了又想,把手上的钢架一连洗了三遍都没注意,不知不觉中时针已经接近两点。

要是能当面问问她就好了,可是自己已经再也无法进入那个小区了。

"叮咚,叮咚。"

几个人影快步走向饮料柜。

"欢迎光临。"青冶没有抬头,希望赶在这批顾客结账之前洗完钢架。

"——放开我!"

青冶抬起头,从凸面镜里看见饮料柜前三个男人围着一个女孩。其中一个男人拉住女孩的包,另一个抓着她的胳膊。

站在后方穿夹克的男人从镜子中注意到了青冶的视线,"喂,我们出去说嘛。"

"不!"女孩抓着包坐在地上。

"喂,"青冶摘下手套探出身子,"喂。"

扯着包的寸头男扭头瞪了青冶一眼。

青冶从收银台下掏出一个遥控器,走出柜台。

"各位,"青冶举起遥控器,"这家店前不久刚被偷过了。"

"关我啥事?"寸头男说,"是我偷的?"

"所以就装上了24小时的联网监控,"青冶摇摇手中的遥控器,"我一按这个按钮,警车五分钟内就会赶到。"

"吹吧。"寸头男有些动摇。

"信不信由你。"

"各位都没有戴口罩,模样一清二楚。"青冶指了指入口处的天花板,"你们可不知道现在的摄像头有多高清。"

"这是我们和她之间的私事。"夹克男说。

"这是我的店,"青冶说,"店里的事就是我的事。"

寸头看了一眼摄像头,又看看夹克男。

"数到五就按,就算警察来的时候你们已经跑了,这段监控可跑不了。"

"一,二……"数到四时,夹克男递了个眼色,三人同时转身,一言不发走出店外。

青冶扶起女孩,把她带到柜台内部。

女孩一进柜台就失去了力气,斜靠在纸箱上坐下。

"被下药了吗?"

"要不要报警?"

女孩只是发愣,以微小的幅度摇了摇头。

青冶这会儿发觉女孩有点儿眼熟,是住在附近的吧。

四月的天气还很凉,女孩只穿了一件米色的细肩带连衣裙,外面罩着一件刺绣夹克。夹克在刚才的拉扯中斜挂在肩膀上,可以一眼望到内衣。

"嗯嗯,先休息会儿。"

青冶移开视线,抽出一只纸杯转向豆浆机。

再转回来时,女孩已经整理好了衣服。

"这个——"青冶把热豆浆递给女孩。

"公司的广告说这是用蜂蜜渍过的豆子,比一般的豆浆更甜,喝起来有很顺滑的豆奶口感。"

"会胖的啊。"女孩说着就捧起来喝了一大口。

青冶偷看女孩的表情,可别哭哦。

女孩长长的睫毛不住抖动,眼看着下一秒就要哭出来,但最终还是忍住了眼泪。

青冶在心里吁了口气。

"嘿,你那个睫毛,是真的吗?"

"当然是真的,"女孩说,"要不要给你摸一下?"

"啊哈,早知道就问其他的了。"青冶笑。

女孩冲青冶翻了个白眼,但看起来又安心了不少。

青冶将遥控器放回收银台下的抽屉。

"上个月被偷了?"女孩问。

"骗他们的。"青冶说,"这样的小破店谁会来偷。而且现在人人都用手机支付,根本偷不到现金。"

"那……联网监控?"

"理论上是有,不过从没用过,"青冶笑了,"不知道管不管用。"

"呃。"女孩露出"这样也行"的表情。

"谢谢你。"笑起来的女孩很可爱,青冶看呆了。

"你是麻豆吗?"青冶问。

"还麻瓜呢,"女孩又一次笑了,"现在流行的是 idol 哦,知道是什么?"

"知道,"青冶点头,"就是让宅男们挥挥荧光棒一张CD卖几千块的那种。"

"嘿,真要那样就好了!"像感觉自己已经脱离了危机,女孩放松了肩膀。

青冶对女孩笑了一下,转过头。

便利店玻璃墙上贴满了宣传单。

第2件商品6折,全场任意消费5元换购商品,优惠购!扫二维码注册点点会员福利大升级,来店即送1 000积分,邀请好友注册另送3 000积分,优享兑换季扫码送……

青冶之前十分痛恨这些宣传单,不仅看着眼花,还需如乘法口诀表般牢牢记诵这些每周更换的内容。刚来那几天青冶总被顾客问得头昏脑涨,干脆统一回答:电脑里扫出来是什么价就是什么价。被店长听到后又是一顿好骂。

现在青冶才发现这些宣传单的好处,要没有它们,店内就将一览无余。

青冶透过宣传单之间的缝隙向外望去,路面空空荡荡。虽然不在视线中,但那些家伙一定还在附近。

青冶思考着对策。

"喂,怎么不问问是怎么回事?"女孩以为青冶是在发呆。

"三个男人深夜围攻美少女。还用问帮谁?"

"哈哈。"女孩站起身,"看不出你还挺有正义感。"

"我叫喵娜,"女孩挥舞着不存在的魔法棒,摆出动漫感的可爱姿势,"梦想是成为偶像。"

"我叫青冶,"青冶配合着说出"中二"的台词,"梦想是世界和平。"

两人爆发出一阵大笑。

"那,我先走啦。"喵娜说。

"等一下。"青冶看着外面。

喵娜看见青冶的脸色,笑容顿时消散,店内的气氛瞬间沉重。

"再稍微等一会儿,三点就行。"青冶看看挂钟,还有半个多小时。"三点就能打开任意门,到时候你想去哪儿都行。"

"相信我。"

"嗯,相信的。"喵娜点点头,重新在纸箱上坐下。

"那我——先把这些玩意儿洗掉。"青冶重新戴回橡胶手套。

青冶干活时,喵娜玩起了手机。

青冶洗到倒数第二个铁夹时,听见了喵娜轻快的尖叫,"Lucky!"

青冶转过头。

"居然在店里就有一个 Quest。"喵娜迅速划动屏幕,大概是某个基于位置的寻宝游戏吧。

"Pokemon?"青冶问。

"不是,不是游戏。"喵娜钻出柜台,用摄像头扫射店内。"啊,找到了,这里。"

青冶好奇地走过去。

手机摄像头正对着杂物区。

杂物架的最左边放着一个空置的四层亚克力文具格。蓝色背板上印着黄色宣传语:文化用品选得好,老公下班回家早。

货架最下层丢着一个纸盒,里面一堆文具。

"这个盒子里就是要上架的文具吧?"喵娜在货架前蹲下。

"嗯,对,前几天送来的。"青冶说,"这一块是店长管,他说反正也没人买,就这样堆着卖算了。"

"果然,"喵娜说,"那我来帮你上架。"

"这就是 Quest?"

"嗯。"喵娜说,"你快去洗碗,洗完了来看。"

青冶洗完最后几个小件后回到杂物架前。

喵娜已经快码完了,各式文具整齐地陈列在正确的文具格中。

"你在全森上过班?"青冶感叹。

"有任务指引呀,"喵娜示意青冶看屏幕,"像拼图游戏一样。"

青冶凑近去看。画面中央就是亚克力文具架,文具架的影像上叠着一把半透明的红色剪刀。青冶拿起剪刀放进标记提示的文具格,红色剪刀标志立即变为蓝色,之后跳出了黄字"CHECKED"。

"哇,"青冶说,"是 AR。"

"嗯,"喵娜将最后三把裁纸刀放好,"这样就都好了,等着吧。"

几秒之后,屏幕上跳出了一条信息。

"祝贺您完成了任务,获得 1 000 pts。"

"这——"青冶忍不住笑了起来,"是全森开发的游戏吗?"

"谁开发的不知道,"喵娜嘟起嘴,"不过才不是游戏呢。"

喵娜点开商城界面:"看。"

青冶凑近一点儿。1 000 pts 可兑换——100 元现金?

"理个货架能拿这么多钱?"青冶不敢相信,这可相当于自己六小时的工资。

"怎样?"

"厉害!"青冶有点儿激动,"这个 APP 叫什么?我去下。"

"叫十四噢。"喵娜说。

"十四?"青冶问。

"14ALL,"喵娜给青冶看拼写,"也是好朋友推荐给我的。"

"应用商店搜不到。我发给你。"

青冶报出手机号,很快收到了喵娜发来的分享链接。

"回去就装。"青冶激动极了。

青冶抬头看看挂钟,两点五十不到,分针刚过 9 的位置,差不多可以行动了。

"等等我。"青冶走到门口,在叮叮当当的铃声中向外张望,空旷的路面上没有一个人影。

青冶从内侧锁上店门,把喵娜带进员工用的小隔间。

狭窄的隔间堆满了杂物,喵娜向里靠了点儿,青冶走进一步,带上了门。两人挤在小小的隔间里,喵娜轻轻贴着青冶的肩膀。

青冶深呼吸了一下,拿出手机打开地图 App,在搜索栏里输入"全森"之后,地图上跳出一大片蓝白相间的坐标点。

"这些位置,全部可以直接传送过去。"青冶将手机递给喵娜。

"哇。"喵娜拖着屏幕。

"你想要去哪儿?"青冶说,"三点的时候,补货的货车会来。"

青冶拍了拍喵娜身侧的绿色货筐。"一会儿你就躲在这个里面,我用平板车把你推进车厢。你想在哪一站下车,和司机说下就行。"

"真的是任意门呐。"喵娜的眼睛在黑暗中一闪,"谢谢你。"

"嗯。"青冶不知该说什么。

两人面对面地呆立,四月的夜中,渐渐开始能够感觉春天。

沉默持续了十几秒。

"给你看几张照片。"喵娜忽然说。

认真的声音让青冶微微发愣。

喵娜递来手机。

青冶一瞬间红了脸。

"向后翻。"喵娜轻声说。

青冶机械地划动手指——喂喂,非要在这样的地方贴在一起给我看这样的照片?青冶满脸通红。

青冶想:我可是个男人。

"看见这样的照片,你心里会怎么想?"喵娜问。

这样的时候,唯一能做的就是说实话。

青冶深深吸了一口气。

"马甲线很漂亮。"

"啊?"喵娜抬起脸。

"腹部完全没有赘肉,不止是马甲线,连腹肌的轮廓都很清晰。"

"肩膀、大臂、小臂、腿也扎实地练过,一眼就能看见灌注其中的汗水。嗯,为了获得这样的身体,这个女孩一定付出了许多超越常人的努力。"

青冶的视线落在照片中喵娜手持的身份证上,代表年份的数字让他一阵发愣,没想到你这么小。

"即使在拍这样的照片,这个女孩眼睛也没有躲闪。"

"喂,这话肯定听过吧。"青冶模仿着某个以懒散闻名的动漫角色,"人生嘛,就是这样的东西。总想堂堂正正地走下去,却一不注意就下起暴雨,跌进泥潭,滚得一身泥泞。"

"啊哈,"喵娜笑了,"喂!"

嗯,青冶点头。"不过即便如此,这个人也没有放弃,用自己的方式继续努力着。"

"无论置身怎样的境遇,人的本质不会改变,抬起头走下去,总有一天泥块会脱落,露出他的真容。"

美丽的真容。青冶看着喵娜。

"要我说,这些照片很美。像掷铁饼者、大卫、维纳斯一样美,"青冶想说,即使被散播出去又怎样,"没有一丝一毫需要丢脸的地方。"

空气中一片寂静,路面上的载重卡车呼啸而过,海涛般的声音远远传来。

喵娜的肩膀不停颤抖。

青冶抬起下巴不去看她化开的眼线。

想要放声大哭一场也没事,这样我也能偷偷擦下眼角。

喵娜一声不吭,只是侧着脸把脑袋枕在青冶略显单薄的肩膀上。

青冶努力挺起胸膛。

货车已经等在门口,和司机也打好了招呼。

青冶拉上苫布时有些犹豫。

"还是报警吧?"青冶蹲在货筐边,"这种诈骗一样的高利贷,本来就是违法的。"

喵娜冲青冶笑笑,没有回答这个问题。

"你就没有其他想要跟我说的?"

青冶想问,你还会回来吗?但却说不出口。

"以后早上路过便利店，尝尝五六点钟的关东煮吧。"青冶说。

"嗯？"

"清早五六点的关东煮最好吃，"青冶笑，"因为那是我们夜班新鲜煮出来的。"

喵娜点点头。

"哎呀，好像喜欢上你了。"喵娜突然说，"想不想和我约会？"

"啊？"青冶说，"想。"

"那下次见面的时候，我们就约会吧。"

货车轻按了一下喇叭。

喵娜向下缩了缩身子，吐了下舌头，在胸前比心。青冶笑着点点头，拉上苫布。

三点四十三分。青冶一边哼歌一边煮丸子时，夹克男戴着棒球帽回到了店内。

刚才拉上苫布时指间就传来了不祥的手感，此刻更是放大了无数倍。青冶要自己继续哼歌，但却越哼越轻，干涩的空气停止了震动。

夹克男从饮料柜拿了一罐可乐，放在柜台上。

"喵喵喵，喵喵喵，喵喵喵？"夹克男说。

"4.5元。"青冶说。

"可真够努力的，"夹克男说，"货车！虽然老套了一点，但突然变了这么一出戏法，连我都被骗到了。"

"4.5元。"青冶说。

"不过你可没想到吧，我们的IT部在那女人的手机里装了定位程序，就像那叫什么来着——find my friend？"

黑势力还有IT部?青冶想要吐槽,但一个字都说不出来。

"这么努力,"夹克男做了个恶劣的手势,"是在小房间里让你来了一发?"

青冶猛地掀起隔板,可乐弹上玻璃窗后落在地上,"夸"地裂开滋滋喷气。

"喂嘿,别急,"夹克男后退了一步,"看。"

是视频通话。

青冶瞥了一眼就强迫自己不看屏幕。

但声音却无法阻止地传入耳中。

男人们兴奋的呼喝混杂着喵娜的哭喊。

"对不起,青冶,司机哥哥也被打了,对不起……"

"嗯,让我算算,这片子能卖——"夹克男说。

青冶跃出柜台。

夹克男猜到了青冶的动作,闪身用勾拳击中青冶的肚子,青冶没有后退,抱着大腿将他摔倒在地。

两人滚倒在喷溅的可乐中。

"你小子找死!"男人嘶叫。

缠斗间青冶翻到了男人正面,一拳砸向男人的脸,男人把头一别千钧一发中避开,拳头砸在地砖上,清晰地爆出什么东西碎裂的脆声。

男人脸色煞白,一把推翻青冶要跑,青冶扯住男人的夹克,男人用力一挣,夹克被撕成两片,青冶的手掌被拉链割碎,鲜血飞溅。男人将剩下的半片夹克往青冶头上一甩,蹿起身子抓住货架一拽。

青冶甩开夹克,只见整个冰柜迎面砸了下来。

"别跑!"青冶大吼一声,之后就什么都不知道了。

05
守木

模仿一个魔术的前提

以为是风筝,看了好一会儿才发现是静止的鸟。

灰白色的鸟儿悬浮在三十度的空中,距离守木面前的落地窗约有一百米的距离,在平整得近乎失真的灰白色天空中印下一个深色的污点。

整个新都从昨日起就覆盖着浓密的雨云,但雨却一直没有落下。

低沉的气压让中强度训练日变得十分残酷。

液晶屏上的进度显示当前距离 10.23 公里,配速 4 分 55 秒。

汗液沿着脸颊滑落在跑步机传送带上,守木维持着摆臂。

守木想起了前几天读到的运动随笔。随笔来自某个退役的体操运动员,她拿遍了世界上所有的冠军,除了一块奥运金牌。

"健身房就是现代版的西西弗斯地狱。举不完的重物,自动后退的道路,怎么划都纹丝不动的船……"

诸神将巨石之重视作一种惩罚,用无望的苦役折磨西西弗斯的心智,打赌他会在何时崩溃。而西西弗斯却将推动巨石视作与命运的战斗,每一次竭力将巨石推上山顶,都是对神的逆反。

假如命运当真无法战胜,那么抗争是否有价值?如果巨石代表着绝望的命运之重,那么西西弗斯推起巨石的一瞬,是否也放射出了匹敌这分绝望的光芒?

文章在结尾处这样说:"问问自己,每天有没有把石块推到山顶,有没有因为知道它会滚下来就不尽力。"

……尽力么。

守木再次将视线抛向天空,白色的鸟已经消失了。

"啊——好累。"身旁跑步机上的莜美发出短促的哀鸣。

"还剩多少?"守木问。

"2.5公里。"

"受不了的话,把配速调到6分也好。"

"不用,两公里没问题,"莜美说,"守木姐还有多少?"

"5公里。"

"加油。"

两人结束对话,继续跑步。

守木想将注意力集中在此处,却一再想起前天的对话。

"这个人,是 DeepWater 杀的吧。"守木说。

凌林在笑。

"为什么这样说?"对方用问题回答了问题。

"这次的死者,"守木决定进攻,"不是普通人。"

凌林露出饶有兴致的表情。

"去年5月7日晚8时零5分,新都青年 H 驾驶新 A668ZO 牌号的改装三菱跑车，在文双路由东向西行驶至新桂名城小区门口时，撞到了横过马路的小女孩 T，受害者被撞飞 5 米高、20 米远，送入医院时已呈脑死亡状态。

"现场有围观者将照片上传到了推博，很快有网友根据车牌人肉搜索出驾驶员 H 是实业家之子，而被撞的小女孩 T 则身穿某外来务工子弟小学校服。该事件由此在网络上迅速发酵。"

"嗯嗯嗯。"凌林连连点头。

"为保护未成年受害者的隐私，警视厅对事件实施了报道管制。5月8日晚，新都交警召开新闻发布会，称根据鉴定报告与目击证人的证言，初步推断事故车在事发时的行车时速约为 70 公里，该数字引发舆论不满。"

现场路段限速 50 码，70 码恰好是责任分界线，如果速度达到 75 码，则为超速百分之五十，事件性质将完全改变。

"实际在警视厅内部也存在着质疑。70 码的车速能否将人撞飞 5 米高 20 米远？鉴定报告是否严谨，目击证人是否可信，大家都在寻找碰撞时的真实记录。可惜交管局并未在该路段安装测速设备，事故车辆也未安装行车记录仪。就在山穷水尽之时，文双路派出所的一名片警提供了一条重要线索：一家商业安保公司恰好在新桂名城小区入口处安装着一台先进的 Amcdust 安全监控摄像仪，视野覆盖了整个事故路面。"

"猜猜是哪家安保公司？"守木看凌林。

"啊哈，"凌林苦笑了一下，"请继续。"

"为新桂名城提供安保服务的正是 DeepWater 深水国际。DW 在新桂名城正门处安装了一台 Amcdust-11 型安全监控仪。该机单价 195 万元，配备 17 枚卡尔蔡司定制光学镜头。24 小时多焦段、零死角地覆盖整个事故路面,摄下的高清图像别说用于测速分析,剪辑成电影都没问题。"

"啊哈。"凌林苦笑。

"警视厅立即与DW公司联系,要求提供当日的影像资料。然而这台以稳定高效著称的设备,在连续正常工作了六百多天后突发故障,就是在那天停用了。"

"嘿,这就是机器呗,"凌林笑了,"DW的报告书怎么说?当时的报告书守木警官也看过了吧。"

听见"报告书"三字,守木心中一阵烦躁,DW的每一份报告书都诠释了完美。

"——因为缺少了现场视频这份关键性证据。最终肇事司机H被免予起诉,在向被害者家庭赔偿了113万元后,双方达成和解。"

小学生T随后转院至新都第三综合医院,进行了两次脑部手术,但还是在一个月之后去世了。那时媒体已在疯狂追逐一件清纯女演员的私生活丑闻,没有再把视线转回这里。

"然而就在一年之后——"守木环视周围。

肇事司机H在这个房间中以事故的名义,诡异地死去了。

"咳咳,"凌林说,"从某种角度来说——"

"一个意外死亡事故的制造者死于另一起意外事故,"凌林说,"这是不是也算公平?警视厅的那些老——警官们,说不定也正念叨着'天罚!这就是天罚'吧。"

被说中了,守木皱起眉头。

"况且,要说是DW干的,这事和DW有必然关联么?"凌林说,"光是在新都内环我们就维护着几百个小区,碰上事件的概率之大,都不能用巧合两个字形容。"

Deadlock。斜阳从落地窗射入室内,利刃般的光线将凌林从肩部一劈为二。

自己恐怕也是一样。守木看不清凌林的表情,只能看见他鼻翼上那片完美的三角形光斑。

如果不给对方造成某种程度的压力,一定会无功而返。

守木脑中浮现出某类电影中常见的画面:一台摄影机正对准自己的脚尖,代表此人已经站到了某条分界线上。是公路路基也好,地下室台阶也好,婚礼红毯也好,总之再踏上一步就要万劫不复。

每次看到这样的场景守木总是不禁想要喊住那人:喂,傻瓜,赶紧跑吧,这可是你最后的机会了。

然而电影中的主角这种时候却总是——

守木深吸一口气。

"以下我要说的意见,"守木说,"仅代表我个人的观点。"

凌林做了个"请"的手势。

"如果那台监控仪,Amcdust-11,并没有发生故障,而是拍下了现场会怎样?"

"会怎样?"凌林重复着。

"所谓企业,是一个由投入到产出追求利润最大化的黑匣。"

"R. H. 科斯。"凌林笑,"好古典的概念。"

"如果把这段视频视作商品,DW 会如何发挥它最大的价值?是将视频交给警方,还是交给 H 财团?我追踪了 H 财团旗下的企业,就在去年年底,有两家工厂和原来的安保公司终止了合作,换与 DW 合作。"

"两家工厂的安保……"凌林笑着叹了口气。

"不错,对于你们这些巨型企业来说,两家工厂的安保费确实算不了什么。但却说明 H 财团和 DW 在那个事件后有所接触。H 本人在事件后也搬至由 DW 深度开发的半岛御苑小区,购买了这套价格 2 100 万的公寓。"

"现在是 3 300 万,"凌林摊开手,"要是有钱我也想买呐。"

"H 财团突然与 DW 合作实在令人费解,监控仪发生故障这一情况,在警视厅内部也只有部分相关警员知道,并未被媒体和一般公众所知。换句话说,H 财团知道这个摄像头的存在只可能是——"

"稍等,"凌林微笑,"守木警官参与处理了去年那件车祸吗?"

"没有。"守木说。

"那您是从哪儿得到了这么详细的情报呢?"

守木顿时涨红了脸,情报是拜托数据科的朋友为自己搞来的,自己去调阅这些情报要经过繁琐的申请。

"我可是警视厅的警察。"守木说。

"能将一年前的案子追溯得如此清晰,真难想象您还只是一位见习警呢。"

"关于车祸事故我一无所知。"凌林说,"DW 和警视厅不同,并没有那么透明的情报机制。大部分情报都是商业机密,像我这样的基层人员完全无法接触。"

对方用一句话就切断了追问的可能,这或许也说明对方有所忌惮。

"那目前的这个案件,是您全权负责的吧。"

"算不上案件,"凌林说,"警视厅已经认定这是事故了吧。"

"并非'警视厅认定这是事故',而是'DW 认为这是事故,提供了支持这一观点的报告,警视厅在经过调查后暂时接受了这份报告'。"守木说。

"那警视厅接受的这份报告,"凌林说,"守木警官接受吗?"

意想不到的直球。

"我接受这份报告的叙述,但我不认为这只是一起事故。"

凌林摊开手。

"再看一遍 HomeCam 拍到的视频好吗?"

"OK。"

凌林翻开电脑,守木注意到文档就在桌面。

凌林点击播放。

摄像头从高处覆盖着客厅。经过客户授权,DW 可以用这个 HomeCam 摄像头远程维护客厅区域的安全。

守木默默倒数。

$11''34$,画面的右下角出现了什么。

一个全身赤裸的男人歪歪扭扭地闯进画面。男人右手拿着威士忌杯,左手提着一条白色浴巾。

HomeCam 没有录音功能,一切都在寂静中摇摆——男人在跳舞。家庭滑稽录像。广角摄像头边缘有着明显的桶形失真,男人的舞姿更显扭曲,他并不知道自己的生命即将在这麻木的数分钟后走向毁灭,大腿和腹部的脂肪抖出了节奏。

守木盯着男人的舞步,看他穿过客厅,踏进厨房。

从这儿开始,画面就几乎没有任何改变。

$2'02''37$,画面微微一晃。

守木感觉到一瞬的寒意。

时间一秒一秒过去，3′05″21，一道暗红色的液体缓缓滑出地面。

"浴巾、酒杯、厨刀、刀具架、瓦斯炉、蔬果削皮器、净水装置、厨用纸巾、桶装冰激凌……十三个不幸的巧合，"凌林说，"Wusthof 真是锋利。"

"守木警官大概在想，组成这串巧合的要素中：瓦斯炉、净水装置、垃圾桶、排风扇是由 DW 配置的。确实，DW 通过住宅维护系统可以远程操作净水装置、排风扇，关闭瓦斯炉。但仅凭这些，要完成现在的这条死亡链，完全是做梦。"

守木不得不认同这个观点。

"如你所知，H 及其家族都是 DW 的客户。"凌林停顿了一下，"DW 公司的客户在 DW 负责安保的物业中死亡，无论是不是事故，对 DW 的声誉来说都是严重的损害。我们不可能允许这样的事情发生。"

"看个电影吧。"守木说。

"电影？"

"五分钟的片段。"守木将 U 盘交给凌林。

这是一部好莱坞式的灵异恐怖片。在一次班级长途旅行中，高中生 A 在飞机起飞前梦见它要爆炸，阴差阳错带着几个同学跑下了飞机躲过一劫，但事情却并没有结束，一种超自然的神秘力量开始追杀这几个生还者。

该片段展示的就是一名女配角被超自然力量杀死的过程。

"浴巾、酒杯、厨刀、刀具架、瓦斯炉、蔬果削皮器、净水装置、厨用纸巾，桶装冰激凌……"凌林的眼睛越瞪越大，"这——"

"怎样？"守木问。

"哇，居然有这样的巧合，"凌林问，"什么时候的电影？"

这会儿还说是巧合？

"2000年。"

"真老，"凌林像在思考着什么，"名字是……"

"死神驾到。"

"啊哈，"凌林苦笑一下，拉回进度条，以 1/2 速度播放，之后又以 1/4 速度播放了关键帧。

"浴巾、酒杯、厨刀……"凌林猛然抬头，"谜题全部都解开了！"

"哈？"守木呆住了。

"H 是这部电影的超级粉丝。为了证实这个连锁反应的可行性亲自试验，结果不小心把自己弄死了。"凌林一本正经地说，"怎样？合情合理吧？"

"喂！"守木瞪大眼睛，"那为什么最后不躲开？知道答案的人，在其中任何一步都能躲开吧？"

"就是那种狂热粉丝嘛，怎么说来着？用生命向自己心中最高的杰作致敬。"

最高的杰作……守木不知再说什么。

"我的意思是存在模仿犯。"

"模仿犯嘛，"凌林略一思索，"啊，对，说起模仿，我小时候也很喜欢模仿一个东西。"

守木转头看他。

"那时有个男生都很喜欢的电视节目，叫做街头魔术。"

"那个我知道。"守木小学时也很爱看那个节目。

魔术师在街头和观众近距离接触，完全没有隔挡，舞台就在观众之中，没有后台，没有机关，观众可以从任何角度观看表演。进入了日常生活的魔术，比任何大型舞台魔术都更显神奇。

"我就跟着那个节目，模仿了好多的魔术。"

"嗯。"守木点头。

街头魔术节目组为了讨好小观众，在每期节目的最后都会由魔术师教授一些入门的魔术小技巧。

凌林从口袋中掏出一枚硬币，手心朝上握在手中，故作姿态地展示给守木看。"硬币会消失哦。"

"嗯。"守木知道这个"魔术"，之后凌林会在抬起手臂的同时，微微松开手指，让硬币沿着手腕滑入袖管，此时自己就一把握住他的袖口，戳穿这个小学生的把戏。

"模仿一个魔术的前提，并不是穿上斗篷戴上礼帽，而是知道那个魔术的原理。"

凌林并未移动手臂，张开手心，硬币不见了。

守木吃了一惊，努力让自己不露声色。

凌林合上手掌："且拥有执行那个魔术的技术。"

凌林再次张开手掌，硬币又回到了掌心。

第一次是花面，第二次是字面，守木只得到这一点情报。

"这部电影中的手法，守木警官解开了吗？"凌林冲着手心吹了一口气，抖了一下手腕，再次张开时，硬币消失在空气中。

"这电影——哪儿有什么手法？"

"正是这样，"凌林竖起大拇指，"手法对应的是侦探片，而这却是一部灵异片，根本没有所谓手法。电影中的这些死亡事件，如果在我们的身边出现，会被定义为什么？"

"……事故。"

"对吧。判断一个死亡事件是什么性质其实很简单。"

"如果凶手是人类,就是案件,如果没有凶手,或凶手是超自然力量,那就是事故。"

"Can a man judge God?"凌林摊手。

守木皱起眉头。

"你相信神吗?"凌林问。

"我们新都警察都是坚定的唯物主义者。"守木说。

"既然如此,你还认为这是一个案件?"凌林瞪大了眼睛。

"如果说真有模仿犯存在,"凌林说,"那么你是说,他成功地模仿了死神?"

"比起相信这个,"凌林抱着胳膊发抖,"我还宁愿相信是死神本人来到了这儿呢。"

"滴滴——滴滴——"手环发出了急促的爆音。

"守木姐?"

守木回过神,发现自己已经超量训练了。

守木低头去看液晶屏,不知不觉跑了19公里。

心脏剧烈的收缩带来了一阵近似微醺的眩晕。守木调低速度,缓缓结束训练。

一旁的莜美紧张地看着自己,守木有些不好意思。

"一不注意就跑多了,今天就这样啦,"守木说,"你的器械都练完了吧。"

"嗯,"莜美说,"练完回来看到守木姐还在跑,吓了一跳呢。"

"哈哈，"守木停下跑步机，拿起毛巾，"洗澡去。"

警视厅健身中心在21层配备了专用淋浴室，此时只有守木和筱美两个人。

炽烈的水流冲上脊背，身体感觉一阵舒爽，旁边的格子间中传出筱美满足的叹息。

"前几天的事，真谢谢你了呢。"守木想起自己还没感谢筱美，"要是让我自己去申请，还不知道什么时候能拿到。"

"不用谢，能为守木姐做事我很高兴。"筱美说，"连总长都说，守木姐是我们的荣誉呢。"

荣誉属于祖父和父亲，在总长眼里，我最多就是个吉祥物吧。守木想。

"说什么呢，我到现在还是个见习，筱美都已经是正式警官了呢。"守木拉长声音，"筱美前辈——"

"不许笑话我。"话音未落，守木的侧腰忽然被摸了一下，虽然知道是筱美，还是吓了一跳。

"让你偷袭。"守木丢过一团肥皂泡，肥皂泡落在了筱美丰满得不合比例的胸口。

守木不好意思起来，退回了花洒下面。

"嘿嘿，"筱美说，"听总务科长说，从来都没见过守木姐谈恋爱呢。"

"哪像你，要那么多男朋友有什么用。"守木笑了，"总之要好好感谢一下你，过几天一起吃饭？"

"好的，"筱美点头，"之前的事件顺利结束了？"

"嗯。"守木将洗面奶抹在脸上。

"真结束了？"

"我和科长都签了字，已经认定为事故了。"

"嗯嗯，处理完了就好了。"筱美的声音听起来轻快了不少。

两人一起走回更衣室时，守木又想到一件事。

"筱美，你是新都大学毕业的吧？"

"嗯，是的。"筱美说，"学的是信息工程。"

"那——有没有熟悉的数学系老师？"守木问。

"有，"筱美想了一会儿，"之前我上过微分几何的选修课，有一位中原教授对我很关照呢，一会儿就把他的联系方式找出来。"

"太好了。"守木再次感谢筱美。

"守木姐虽然是见习，工作却比其他人都多。"筱美拿起吹风机。

筱美有一头柔顺的长发，湿润香甜的水汽飘向了守木。

守木一时对自己方便的短发有点儿发愣，脑中浮起了遥远记忆中的某个模糊的身影。

不是想这些的时候，守木打断自己的念头，重新思考上次的见面。

凌林提着公文包，两人隔着一些距离站在下行的电梯里。

电梯的墙面上挂着三块广告牌。

"都是意外噢，意外。"凌林饶有兴致地欣赏着广告，伸出手指，"难不成，你还想掀开死神的斗篷？"

凌林轻叩广告外框的有机玻璃。

多动症？守木不由得转头去看。

新洲文化广场，周六，KFC，守木读取到了信息。

"啧啧啧。"凌林的手指在水上乐园海报泳装模特的身上滑动。

守木皱起眉头。

这个意思是——三点？

06 青冶

唱你会唱的歌

"您有需要联系的亲人吗?"

"朋友?"

"或者同事?"

青冶连续三次摇头。

穿着护士服的大眼睛女生像早已知道答案似的递过文件板,将一张单据中的二维码指给青冶。

"那就麻烦您自个儿支付一下本期医药费吧。"

"好的。"青冶从床边柜取了手机,扫描二维码后立即跳出金额。

哈?青冶弯下脖子凑近手机,不禁点击了"显示详细信息"。

检查、治疗、药品、耗材、床位……每项收费都清晰合理,然而加在一块儿就变成了一个让人难以释怀的数字。

青冶怀疑自己的账户中有没有足够的现金。

抱着试试看的心情,青冶把拇指按到了支付键上。

"谢谢,支付成功。"

青冶松了口气。

"入院一期的费用会高些,之后就没那么多了。"护士说。

居然还有之后!

"我受伤的是手,为什么住在脑科病房?"青冶问。

"您是在昏迷中被送来的,首先要做脑检查,"护士微笑着说,"再怎么说脑也比手重要。"

青冶接受了这个说法。

"报警了吗?"青冶问。

"放心,您的工作单位已经联系了警方。"

"嗯。"青冶想着一会儿就和店里联系。

"那我什么时候能出院?"

"看您之后的检查结果,顺利的话两三天就能出院了。"

"三天?"青冶感觉自己状况良好。

"嗯,有时会有这种情况,"护士斟酌着语言,"病人匆匆出院后又突然晕倒,再送回来就晚了。"

青冶听过这样的故事,叹了口气,无奈地转着手环。

睁开眼睛就注意到了这个东西,不知什么时候扣在了手腕上,深灰色橡胶圈正面镶着椭圆形塑料块,上面印着16位编号,手感还挺沉,不过一看就是五毛成本。

发现青冶盯着手环,护士笑了。"手环内有您的入院信息,请勿自行取下,请您不要离开本病区闲逛。本院规模较大,容易迷路哦。"护士说,"不过就算真迷路也不要紧,手环会发出警报,我们护理人员就会去把您接回病房。"

"真先进。"青冶说。

"嗯,三院可是新都排名第一的脑外科呢。"

"请安心养病,祝您早日康复。"护士说着走出了病房。

护士走后,青冶翻开了自己的病历。

病历是电脑打印的,堆满了医疗术语,虽然每个字都看得懂,但合起来就不太清楚是什么意思。

青冶把病历放在膝盖上,拿过手机,在维奇百科的帮助下弄清楚了自己的状况。

手腕软组织挫伤,韧带受损,未见骨折骨裂,轻度脑震荡,暂时性脑功能障碍,经CT检查未见颅内损伤。

结论是:留院观察。

青冶打开电子钱包查看账户余额。在支付了医药费之后,钱包里只剩下一个渺小的三位数。

万幸万幸,差一点就启动信用账户了。青冶长吁一口气。

今年颁布的新医疗法以人道主义名义赋予了医院远超过去的权限。

如果青冶的现金账户用光,银行就会根据青冶的社会信用指数自动启用他的信用账户向医院付款。信用借款的利息虽然不像社会贷那样家破人亡,但也不知要何时才能还清。

青冶曾经在电子杂志上看过一期名为"负数人生"的专题报道,从此决定永远都不踏入那样的境地。

脑袋有点痒,青冶抬起手抓头,无意中看到手环里侧。

一串长长的编码后面跟着一个让人讨厌的Logo——

D、W?

阴魂不散!这医院用的竟然也是DeepWater的安保系统。

青冶原先还未下定逃院的决心,这会儿已经不再犹豫,就算只是为了挑战这个 DW 安保也要跑掉!

青冶小时候也曾去医院探病,病区的入口处总坐着一个目光凶恶的老护士,病员只能将访客送到那扇门前。

长长的走廊——手被谁拽着,还是小孩子的自己一边走,一边回望。每次回头,那个人都以相同的姿势站在原处,一点一点越变越小——青冶想不起对方的脸了。

青冶闭上眼睛,用食指和拇指轻压眼球。

晚餐让人难以下咽。

45 元一份的鸡肉酥嫩却索然无味,简直是合成食品。

或是因为心情?

说什么闲逛迷路,根本就出不了这个病区。

DW 的安保措施简单有效,病员手环可以打开的通道极其有限。病房、餐厅、活动室可以,其余一概被机械语音驳回。

本想逃出去再吃晚饭,结果此刻仍然坐在医院餐厅。

青冶安慰自己吃饱了再行动。

餐厅入口处的墙壁上贴着楼层防火平面图,除了疏散路线之外留着大片空白。青冶脑补出 RPG 般的楼层图,此刻所有能够进入的房间都已经探索完毕。

如果自己的右手完好,大概可以跳出活动室的窗户,沿排水管道滑至其他楼层,或者沿着空调搁板爬进消防通道脱身。还可以扒在电动餐车底下,从后勤通道逃走。

至于这个破手环,只需在行动之前一把扯下,往马桶里一冲就好了。给我根绳索,我能把这家医院完全探索一遍。青冶望手兴叹。

无法作为 ACT 游戏载入，青冶只能寄希望于环境对话上。

然而这里的病人大概是长期服药的缘故，一个个都像被切除了脑白质。完全是些充场角色，使劲按 E，拼命敲空格，头上也就冒出一排省略号。

"呵……呵……"

医务人员的反应也差不多。

"您的病情请向您的主治医师咨询。"

"感谢您对我们工作的理解与支持。"

"您现在正在观察期间。"

"时间不早了，请您早些休息，晚安。"

"祝您早日康复。"

无死角的灯光把人脸照得惨白，青冶经过洗手间镜子前对自己做了个鬼脸。

完全是个低成本恐怖游戏。

青冶简直要期待夜里怪物变成少女潜入自己的病房了——尽管那少女一定也是低成本的！

青冶看看钟，距离熄灯只剩半个小时，自己仍未找到出路。青冶在弥漫着消毒液味道的洗手间里徘徊，感觉只剩这儿还有些突破的希望。狭窄的窗口可以看见远处墙外红黄蓝的广告牌，青冶不禁探出脑袋。

"嗯哼、嗯哼。"背后传来人声。

青冶缩回脖子。

一个提着红色塑料桶的保洁员老头正看着自己发笑。

老头穿着灰绿色保洁服，他放下塑料桶，从口袋里掏出一卷医用胶布，动作夸张地指指手腕。

青冶伸出手去,老头迅速在手环两侧贴上胶条。

"嘿,行了,"老头笑着搓了搓手,"这玩意儿还带录音机呢。"

是监听器?青冶没有纠正。老头个子不高,比自己足足矮了一个脑袋,塑料桶里放着毛刷、清洗剂和百洁布。青冶注意到他没有戴手环。

"看小哥你转来转去,是想这个了吧。"老头眯起眼睛,夹着手指,做了个吞云吐雾的姿势。青冶一瞬间仿佛都闻到了烟味,立即皱起眉头,然而一转念就心花怒放。

"老伯伯,赶紧的,哪儿能抽上一口呐,"青冶装出痛苦的表情,"可把我憋坏了。"

"哎嘿,"老头伸出手,"一百块。"

原来如此,青冶不禁苦笑,又要我六小时白干。

"那地方——"青冶问,"在医院里面还在外面?"

"这个嘛。"老头没有明确回答,"反正让你抽个痛快,跟我走就是了。"

这……青冶有些犹豫。

"一百,不行我可走了,"老头说,"小伙子,时不再来呐。"

"行,行。"青冶掏出钱包,从里面抽出最后一张百元大钞。

老头接过钱,"夸夸"抖了抖,塞进口袋。接着从塑料桶里掏出一只石膏。

"来,把这个套上。"

青冶将手环和手腕一起插进石膏。

"那圈一时拿不下来,不过装这里面,出去也不会叫。"老头说,"查房前都管不着你。"

"嗯嗯。"青冶连连点头,喜上眉梢。

"一会儿在走廊跟紧了我,被发现不得了,"老头说,"这儿的保安可厉害了,专抓你们这些精神病。"

"好好。"青冶哭笑不得。

老头眯起眼睛看表,十几秒后说:"走吧。"

老头走得不慢,看似随意地穿过转角,神色自若地用员工卡刷开电子锁。

青冶紧紧跟随,发现这医院的通路远比防火平面图上复杂,如果自己贸然行动,手环一响,现在肯定被安保人员抓住了。

两人穿过走廊、病区大厅,沿着通道一直往前。

青冶好几次抬头去看监控,摄像头都指着另一个方向,老头的每一步都踏在摄像头的死角。

啧啧,真不知老头已经靠这办法赚了多少钱。

两人步履不停地走了十来分钟,青冶的背上都渗出了汗珠。

"喂,老伯伯。"青冶问,"快到了吗?"

"就是这儿。"老头抬手一指。

青冶定睛去看,走廊尽头的门上插着塑料牌:Security Room(保安室)。

"哇呀。"青冶被吓得不轻。

"哈哈,这边。"老头转进通向洗手间的岔路,右侧有一扇蓝灰色的小门。

老头拉开一条缝儿,门里漆黑一片,老头闪身进去。

青冶立即跟进,门在身后关上了。

"好黑,有灯吗?"青冶说话之时,头顶的声控灯亮了起来。狭窄的楼道布满灰尘,是消防楼梯。

"嘘——"老头突然捂住了他的嘴。

"什么？找不到了？"门外传来急促的脚步声。

"不可能！不是给那家伙戴了五代手环吗？"

脚步声由远及近，"一开始就不该等通知，直接给他一针多好。"

青冶汗毛直竖，将耳朵贴上门板。

"立即把植入模式打开，院保都是些废物，从D层派三个小队上来找！"脚步在消防门前停下，"啊？这会儿还管啥故障原理？离线十三分钟，能跑多远。"

"就是只断手的蟑螂！"

"砰！"门板一响，青冶差点蹦起，被老头死死按住肩膀。

"不用多想，那家伙是个单细胞行动派。"

"笃笃、笃笃、笃笃"，男人一锤之后用指尖叩击门板，"把绿化带的夜视、激光全部打开，电网上线，C组扫描建筑外墙，E组封锁出入口，叫三个人去搜天台。"

手机"叮——"的一下。

青冶魂飞魄散，过了好几秒才意识到并不是自己的手机。

"等等。通知下来了，果然参照Ⅰ类对象处理，所有人装配麻醉弹，发现就直接射击。一定要在……"声音向洗手间方向走去。

青冶的后背黏满了汗液，这会儿眼睛适应了黑暗，从安全门底下渗入的光带异常刺眼。

"喂喂，小哥，那人在说啥——"老头像是完全不明白事情的严峻程度，笑眯眯地看着青冶，"保安不会是在找你吧？"

不是不是。青冶简直要脱口而出，赶紧带我出去。

——青冶说不出口。

"嘿,应该就是在找我。听起来人还不少,"青冶笑了一下,"老伯伯,告诉我接下来怎么走,你就自己回去吧。"

"回去?"老头按紧口袋,"那钱可不能退。"

"行行,你赶紧走吧。"青冶苦笑一下故作轻松,"捉迷藏,我来陪他们玩。"

"嘿,捉迷藏我喜欢。"老头说,"我也一起玩呀。"

"喂,要是被那些保安抓住了,能把你一个月工资扣光!"青冶着急了。

"不可能,这是我的秘密通道。"老头也够犟,"收了钱,就要把你送到地方。"

哎,这老头和自己是一个脾气。

青冶站起身,"那赶紧走吧。"

两人沿着消防通道往下跑。

青冶开始还记着楼层,数到十二层就不数了。

通道中堆放着杂物,老头走在前面,青冶跟着他的步子一一避开。两人蹑手蹑脚往下跑,又走了二十层左右,老头在向下的台阶处停下脚步。

青冶注意到了,从这里开始楼梯间的平台处就没有通向楼内的安全门了。

那不就成了全封闭竖井么?青冶有点儿紧张。

"灯灯灯等。"老头突然哼起了小调,声控灯一下亮了。"灯灯灯等,灯灯灯等,等等等等等灯灯等……"

台阶千篇一律,老头哼着小调大步走。

青冶突然听出老头哼的是什么。

"贝多芬呀。"青冶大吃一惊,"这个也能用唱的吗?"却感觉自己的胸口渐渐变热。

老头才不管青冶怎么说,完整地哼唱了第一乐章,在那激烈恢弘的结尾,光与暗交战的激流中,闪烁着一团坚硬的银色。

青冶想立即鼓掌,这才发现自己连一只手都拿不出。

"哇老伯伯,你太厉害了。"青冶说。

"哎嘿,"老头说,"清洁工不能喜欢古典音乐?"

"哈哈,不是不是。"青冶有些不好意思,但还是说了出来,"让我很感动。"

青冶抬手抓脑袋,却被石膏敲了一下头。

"谢谢嘿嘿,"老头儿说,"石膏一会儿就为你拿下来。"

又下了十来层后老头停住了脚步。

青冶看见墙边靠着一把钢筋剪,一把钢锤。两件都是大家伙,尤其那把钢筋剪,橘黄色的手柄一米多长,青冶之前只在僵尸生存的游戏里见过这玩意儿。

"是要用这个……拆手环?"

"哎嘿,这可是要另外收费的,一百块。"老头说,"不过看你钱包里也没钱了。就先欠着吧。"

"出去了一定给。"青冶说着要摘下左手的石膏。

"等等。"老头一下按住青冶的手臂。

老头让青冶把胳膊架在楼梯栏杆上,用毛巾将他的前臂和栏杆绑紧。

"芯片在手心还是手背?"

"手背。"

"记清楚了?"

"呃,是吧。"

老头让青冶抬起脚踩在栏杆中段。

"踏稳了。"老头将一根麻绳系在石膏顶部的金属环,另一头绑在青冶的脚掌。

"稳住。"老头说,"一会儿我数到三你就啥也别管往下踩,之后就是我的事了。"

老头的表情第一次这么严肃,青冶不禁有些紧张。

巨剪的刀口闪着白光。

"喂喂,先拿下来慢慢剪不行么。"

"注意了,"老头架起了钢剪,"准备——"

青冶暂停了呼吸。

"三——"

"二——"

"一!"

青冶用力往下一踩,脚掌还没碰到地面,耳中断金碎玉"砰"的一声。手环霎时就被钢剪一刀破开,弹向空中。

青冶想喊一声"好功夫!",却发现自己记反了,断开的并不是芯片部分。

空中的手环突然像被丢进开水的黑虫,疯狂扭动,内侧探出无数根活动的尖刺,落向自己的胳膊。

"哇呀!"青冶的胳膊仍被绑住,动弹不得。

眼前黑光一闪,老头飞腿踹去,鞋尖踢到了细丝,黑虫立即一翻缠住鞋头,无数根尖刺全部刺入鞋内。

老头早已料到了这一幕,皮鞋顺势飞出,撞着墙面落到地上。

手环缠死鞋头发出"吱吱"的嘶叫,皮鞋痛苦得在地上翻滚,老头抡起钢锤一锤落下,狭窄的楼道里爆出一声轰鸣。

"咣!"青冶心头一裂,满眼红光乱舞,腾起无数飞星。

"千钧一发,千钧一发。"老头笑着说。

青冶去看老头那只皮鞋,炸得只剩下鞋跟。

老头解开青冶的胳膊。

"这就是那个什么……植入模式?"青冶活动着手腕,感觉胸口一阵恶心,难以置信。

"仿生学厉害吧?"老头说,"还有颈环呢。"

青冶脖子一寒。

"哼,其实没什么高深的技术,都是老一套。"老头跺着脚。

老头没了一只鞋,露出足尖是龙猫脑袋的灰色袜子,完全不适合此情此景。

青冶忍不住"扑哧"一笑。

老头害羞似的蜷起脚趾,"孙女送的,可爱吧?"

"很可爱。"青冶大声说。

"嗨,走吧,还有一些路呢。"老头丢下钢筋剪,扛起大锤往前走。

青冶一边走,一边盯着锤头发愣。

"为什么帮我?"青冶说,"伯伯的鞋都烂了。"

"对对对,鞋的钱,也要算到你的头上。"老头笑嘻嘻地说,"再给我两百!一共欠我三百!"

"喂,这——"别开玩笑了,天知道被那东西缠上会怎样。青冶想说,你可是救了我的命。

"谢谢您。"青冶小声说。

"哎，"老头笑着叹了口气，"青冶是个好孩子。"

突然被叫出了名字，青冶愣住了。

虽然这医院每个医生护士保安都能轻松知道自己的名字，但这个老头不一样。

老头叫着青冶的样子就像认识了自己很久。

青冶愣住了，一股热气堵在胸口，脚步都跌跌撞撞。

老头看青冶发愣，有些不好意思。"咱们可不是第一次见面。"

"在系统里看到了这个名字，就在想会不会是你。一看竟然真是，"老头笑眯眯地说，"小哥儿已经长这么大了。"

"不是第一次见面？"这么说来，第一眼时就生出的亲切感并非自己的错觉，青冶却怎样也想不起在哪儿见过他。

"嘿嘿，你猜？"

"中学里？"

"不对。"

"幼儿园？"

"瞎猜呢。"

说话中两人又往下走了好儿层。

两人来到刷有 C92 字样的墙面，平台一侧再次出现通向室内的门，门上装有密码锁。

"这可是个四十二位的密码。"老头打开了门。

青冶以为会进入恢弘的地下空间，然而只是另一个病区。

两人穿过走道进入大厅，所有的灯都亮着，空无一人。

每个房间的门上都挂着"Operating Room（手术室）"的标牌，青冶心中一阵发毛。

"嘿，"老头说，"往这儿走。"

这层没有任何摄像头，青冶却能看出老头比之前都要谨慎。

"呼，"老头带着青冶穿过了大厅，"到这儿可以放心了。"

话音未落，整层楼的照明刷地灭了。

所有"手术中"的红灯都疯狂乱闪，地面暗绿色的消防指示条也过电似的流窜。防火警报，电铃，呼叫器，四面八方能响的东西都炸开了锅，中间夹杂着不知男女是否人类发出的可怕嘶叫。

青冶双腿发软。

"哈哈，这就叫那啥，迪厅？"

被老头这么一说，不知为什么这极端恐怖的场景一下变得非常滑稽，青冶又能走路了。

"哇哈，让你们嘴硬，"噪音中传出一个人声，"我想这是怎么回事，五代手环会离线——线——"

"原来是一只老蟑螂带跑了一只小蟑螂——螂——螂——"

"别告诉我你们是用自己的脚，一步步走到这儿——这儿——这儿——"

"结果呢——果呢——果呢——"

"五分钟之内就让你们在这个蟑螂盒子里一起灭亡——灭亡——灭亡——"

对方开启了回声效果。

"负分DJ。"老头拽着青冶跳进一部电梯，按下电钮。

电梯立即启用，拼命震动。

"选一张。"老头拿出两张卡片，一张红色，一张蓝色。

青冶指指红色的卡片，老头微微一笑，把卡片交给青冶。

"门开了只管往前跑，有个亮着红灯的缆车，把卡插进红槽，就能回到市内。"

"那你呢?"

"我怕啥,"老头说,"我当年管理这个设施的时候,那小混蛋还没出生呢!"

青冶有好多东西想问,却说不出话。

电梯中听不见警笛警报,但近似昆虫的嘶叫却从四下传来,青冶看见自己的手抖个不停,却无法抑止。

"喂。"老头用双手握住了青冶的手。

粗糙的手掌让青冶忽然安了心。

老头握紧青冶的手,"害怕的时候,人要唱歌。"

"我不会唱命运交响曲。"青冶说。

"唱什么都一样,唱你会唱的歌。"

"我会唱的歌?"青冶什么都想不起来。

"比如这个?"老头顽皮地一笑,清了清嗓子。

"哎嘿——"歌声响起,青冶魂飞魄散,呆呆地看着老头儿。

"……吴山开,越溪涸,三金合冶成宝锷。淬绿水,鉴红云,五彩焰起光氤氲。背上铭为万年字,胸前点作七星文。龟甲参差白虹色,辘轳宛转黄金饰。骇犀中断宁方利,骏马群騑未拟直。风霜凛凛匣上清,精气遥遥斗间明……"

"你是谁?"青冶泪流满面,大声问,"是爷爷的朋友?"

电梯门在这时打开,外头一片漆黑。

"——我是谁不重要,"老头微微一笑,将青冶推出电梯,"重要的是,你是谁。"

青冶想说,你知道我是青冶啊,电梯门已经合上。

青冶愣了一秒,转身向着远处那颗闪烁的红灯狂奔。

07
守木

敌军还有五秒到达战场

守木盯着餐盘。

餐盘中央有个薯条堆成的小丘,自己已经吃了一半。

刚开吃时没注意,这会儿才发现其中有一根长得出奇。不是视觉欺骗,也没看到折痕,超级薯条的长度足足有纸壳的两倍多。先不说它是怎么被装进纸壳里的,守木不禁好奇,世界上真有这么大的土豆?

周末的炸鸡店十分拥挤,全是带着家长的儿童。都到这个点儿,柜台上还排着长队,一个红衣服店员从后面走出来大喊:"瞌睡皮卡丘没了!瞌睡皮卡丘没了!"一个男孩立即哇哇大哭。

靠内的座位都被占满了,守木坐在落地窗和游戏滑梯之间的四人座,身旁是两个五六年级模样的男生。

男生一个戴着浅黄色棒球帽,一个系着红领巾。两人都点了附加冰激凌的鸡块套餐,迅速吃掉冰激凌后就一直戴着耳塞埋头玩手机,和在一旁游戏区里打滚的幼儿们比起来倒是十分安静。

守木看了看表,决定再研究一会儿超级薯条。她伸出手指捏住一端,把超级薯条从小山中抽了出来。

举在手中,薯条硬得像根筷子,守木简直要肃然起敬了。

就让我吃了你吧,守木向薯条打了声招呼,仔细蘸上番茄酱,将它送到嘴边。

"哇!霉烂啦!"身边的小学生突然浑身抽搐,一脚蹬在桌腿。

守木手肘一震,蘸着番茄酱的超级薯条滚落在胸前。守木顾不上擦拭,赶忙去看小学生。

小学生翻着白眼,口鼻歪斜,厥在椅背上一动不动。

猝死了?守木吓了一大跳。

"喂喂,怎么了?"守木伸手去摸他的脉搏。

手指碰到对方的瞬间,小学生诈尸般从椅背上弹起。"难受!"

守木又被吓了一跳,但看对面的棒球帽十分淡定,一时怀疑起自己的社会适应能力。

小学生完全无视守木,抓起丢在桌上的手机。耳机被碰掉了,手机喇叭中传出一个机械的女声,"我方高地防御塔正在被攻击,我方高地防御塔正在被攻击——"

"先杀后羿先杀后羿!"小学生不住地狂呼,"班鲁班鲁班鲁班鲁!"

喇叭中传出乱糟糟的游戏语音。

"十步一杀,诗兴大发!"

"利益可以收买我,暴力可以解决你。"

"呃……被……玩……坏……了……"

这不算色情暴力?守木听着都觉得不好意思。

屏幕上指甲大的一堆小人互相丢着赤橙黄绿的光球。右上一群厉害，一边砸一边往左下冲。"哇啊啊啊啊！"

"我方水晶正在被攻击，我方水晶正在被攻击——"

屏幕中央突然爆出一片红光，时间暂停，"DEFEAT"。看样子小学生的基地被炸掉了。

"狗狗狗狗狗狗狗狗狗狗举报举报举报！"小学生狂点了一轮屏幕，随后像被抽去了魂，瘫坐在椅背上。

"渣符文渣操作，"对面的棒球帽没抬头，"S10要换变异，狩猎，隼目。"

"瞎说，我的符文可好了——"小学生坐起身，梗着脖子重新钻进手机。

守木用手掌切断小学生的视线，让他看自己胸口的番茄酱。

小学生脸红了。"要我赔洗衣费？"

"不管要不要你赔，首先不该向对方道歉吗？"守木教育小学生。

"好吧，怪我咯。"小学生说着低下头扯着胸前的红领巾。

这算是个道歉？守木一时难以判断。

"公共场所要注意文明举止，"守木说，"刚才大呼小叫什么？"

"没蓝了啊，天要亡我。给我蓝牌，我能五杀。"小学生手舞足蹈。

"嘻，吹牛。"棒球帽笑他。

"不信？对面全部残血。"小学生把手机移到两人中间，"小姐姐给你看，我的技术可好了。"

被小学生叫作小姐姐，守木感觉好笑，"这是什么？"

"王之时刻。"小学生打开一个视频，点击播放。

画面中一个拿剑的小人，追着另外几个小人乱砍。

被追杀的小人头上那根代表生命值的红条都不到五分之一，而屏幕中央追杀者的红条却接近百分之百，撒出各种光球，左窜右跳，好不潇洒。每干掉一个玩家屏幕中就会出现语音播报。

"啧啧。"守木看得直摇头。

"我一个人就把他们全杀光了，厉害吧？"

"等等，"守木忽然想起来了，"这就是那个王之荣耀？"

"当然。小姐姐你要玩吗？"小学生说，"带你上白金，我好多区都有满级号。"

"哇。"守木一时难以言喻。

守木知道这个游戏还是因为前几天的团建活动，邀请来的讲师反复拿这个游戏举例，讲了一大堆"个人一团队"、"团队一个人"的绕口令。

尽管守木不玩，但警视厅的同事中有不少都在玩这个游戏，因此反响热烈。

"满血杀空血，有什么厉害的？"守木说。

"切，杀一个满血敌人 200 金，杀一个空血敌人也是 200 金，当然杀空血。"小学生说。

"嘿，别人满血他就被反杀了。"棒球帽说。

"为什么他们都朝你跑？"守木问。

"他们要逃回自己基地才能补血，"小学生说，"我就在半路草丛里等着他们来送死。"

"那——"守木问，"你的队友呢？"

"团战死光了，"小学生说，"我等队友都死了再上。"

"这——"守木回想起培训师说的案例，"如果这样一直不参加团战，就算你自己多杀了几个人，最后还是会输吧？"

"对,"棒球帽说,"所以我都不跟他一起玩,卖队友。"

"输赢无所谓,只要我自己杀得爽就好了。"小学生说,"本来打游戏就是为了自己开心,不对吗?"

守木一时无言以对。

"看,超神英雄智能小子,"小学生说,"我打一盘给你看。"

"智能小子?"守木凑过去看。

"就是哪吒呀,我的最爱,"小学生说,"叛逆的英雄,"他不忘补上一句,"像我一样。"

坐在炸鸡店打游戏是有多么叛逆,守木忍住不要笑出声。

"欢迎来到王之荣耀,敌军还有五秒到达战场。"

游戏开始了,双方各有五名玩家,每个玩家操作一个小人。基地在左下和右上,哪方先攻破对方的基地就算赢。

进攻路线一共三条,哪吒走下路。化身智能小子的哪吒浑身裹着深绿色的机甲,脚踩电子风火轮,腿部不动,幽灵一般移动。角色语音一共三句,颠来倒去地说。

"我的存在,超越常识。"

"谁是敌人,由我决定。"

"我自由,咔咔咔。"

双方先是围着防御塔打攻防战,三四分钟后就开始满地图混战。智能小子有个"天眼"技能,一打开就能在小地图上看见所有敌人的位置。

才看了两分钟,守木就发现了:"喂,这游戏不就是以多欺少吗?"

每次智能小子打开天眼显示敌人的位置,队友就去围堵落单的敌人。一下变成三打一、五打二的局面。智能小子也会"刷——"

地从空中飞去抢人头。

对方也会想要救回队友,从地图的各个角落跑去参战,结果连中埋伏,前仆后继,全军覆没。

又是一波大团战,智能小子看准时机往人堆里一跳,"轰",瞬间就炸死两个敌人,剩下三个没命地逃。

"姜子牙,快放大,强者生,弱者死。"小学生激动得口歪眼斜,狂按屏幕,"神挡杀神,看我超神,死亡面前,人人平等,天上天下,唯我独尊,取你人头,美的享受,相信头脑,不如肌肉,杀完之前,无法回头,尽情吩咐,被玩坏啦,我命由我,天不容我,我负天下,天下归我,替天行道,不如睡觉,爱是忧伤,天下无双,自由无价,人头有价,姐是传说,杀人太多,你有妖气,吃我一棒,破坏能力,家庭教育,努力无用,天才有理,维持秩序,魑魅魍魉,十步一杀,诗兴大发,舍弃怜悯,强者恒强……"

这都是啥?守木听得目瞪口呆,竟然还能往下念。

虽然听上去都是差不多的意思,但因为意思都差不多,要背熟反而更难吧。

不知是不是因为这段咒语真的有效,小学生越战越勇,和队友向着屏幕右上冲锋,最终一片红光,打爆了对方的基地。

"哇——爽!"小学生长叹一声瘫在椅背上,"敢和我氪金大佬斗!"
"氪金?"
"就是买买买。"棒球帽说。
"哪吒388,智能小子皮肤588。"小学生说。
"你是特价时候买的吧,特价明明198。"棒球帽说。
"那符剑呢?符剑我也买三把了。"小学生不甘心被戳穿,"符剑可从来不打折。"

"符剑是什么?"守木问。

"就是八把神剑,每一把都加不同属性的。"小学生说,"叫做掩日、断水、转魄——后面是悬什么的……"小学生背不出来了。

"掩日、断水、转魄、悬黧、惊鲵、灭魂、却邪、真刚。"

守木转过头,一个年轻的外卖员正撑着椅背从后面探过头来看小学生的屏幕。

他身穿红色外卖服,旁边的桌上放着一个泡沫外卖箱,仔细看看不过十八九岁的样子。

"好吧——"小学生有些不服气,"那你买了几把?"

"八剑都不知道,你是长洲的小学生么?"外卖员说,"以前我们手工课都做八剑的模型呢。"

"现在叫新洲、新洲。老铁,土不土?"小学生说,"我们手工课都做世界馆,环球金茂中心,中央塔。"

"切。"外卖员提起外卖箱推门而去。

"第一把188,第二把288,第三把388,这三把我买了,之后是488,588,688,788,最后一把888!买齐了就天下无敌。"小学生展示给守木看。

"这个点券是怎么卖的?1块钱10点?100点?"守木心算了一下感觉1∶10都贵。

"当然是1比1,"小学生说,"1点1块钱。"

"这么贵,"守木有些吃惊,"那你花了几百?"

"是几千!"小学生说,"还有每周活动的宝箱要开呢。"

"啧啧。"守木感慨。

"我可没问爸妈要钱,"小学生看着守木,"这些钱都是我自己打工赚来的。"

"打工?"守木不敢相信。

"当然,都靠我自己做任务,"小学生说,"有个叫十——"

"嘿。不去上课躲在这里玩游戏,小心我告诉你们老师。"

熟悉的声音。守木转过头,约好的人出现了。凌林依然穿着西服,天气有些热,他还是一样系着领带。

"你们是新洲第三中心小学的吧。"凌林说,"今天的作业完成了吗?"

"你怎么知道?"棒球帽皱起眉头看着他。

"你猜?"凌林说。

"唬人,"小学生说,"你又不是我们老师。"

"是不是你们老师无所谓,"凌林笑,"今天下午的活动课是让你们去新都自然博物馆参观,再写一篇周记。你俩不会准备就在这儿打一下午游戏,回去从网上抄一篇吧?"

"你——"一看就被说中了,小学生憋红了脸。

"我们才吃完午饭,正要去。"棒球帽向小伙伴使了个眼色,"走。"

"小姐姐一定要加我呀。"小学生说,"我叫叛逆且爱美。"

小学生又气又怕地瞪了一眼凌林,一扭头走了。

"哈哈,好像迷上守木警官了呢。"凌林笑着说。

守木不知该说什么。

凌林请服务员收拾了桌子,去柜台买了咖啡和柠檬茶。

守木接过柠檬茶,冰块碰撞着塑料杯壁发出"咯咯"的声音。

光是听声音就清爽了不少。

"那游戏真够吵的。"守木说。

"是吧?"凌林连连点头,"我们夜班的同事里也有不少人在玩,倒是很提神。"

"没想到小学生玩个手机游戏那么贵。"守木说,"你怎么会知道他们的学校?"

"简单,"凌林将手机放在桌面,"他们的书包是我们公司的儿童防走失产品,用公司的APP扫一下就能看见编号。"

"色彩识别技术?"守木猜测。

"肉眼看上去不过是些普通的花纹,其实印着特定的识别码。"

"厉害。"守木说。

"嗨,不是什么尖端的技术,"凌林喝了一口咖啡,"新洲区早一年部署,新都其他区的小学明年也要启用了。"

"毕竟新洲是智能都市的样板嘛。"凌林说。

智能都市,守木近来也常听见这个词。

这是由新都市政厅提出的城市发展新概念。

智能都市项目包括智能金融、智能建筑、智能交通、智能能源、智能市政、智能医疗、智能教育、智能家庭等等智能化目标。最终建成拥有高度信息化水平的智能城市综合体。

——距离新都心一百公里的新洲新区就是智能都市的样板。

新洲区过去叫做长洲市,是联合国认定的十二座世界级历史文化名城之一。长洲建城超过2500年,拥有筑园、制药、冶铁等文化遗产,而现在最有名的是历时12年才完工的新纪元水利枢纽工程。

守木透过窗户向外望,三五成群的年轻人正骑着黄、橙、蓝色的智能单车经过路口。

"都是去新纪元水库玩的，"凌林注意到守木的视线，"上午从新都出发，现在差不多正好骑到这儿。"

新纪元水库是新纪元水电站建成后蓄水形成的人工湖泊，总面积超过两千平方公里。长洲曾居住着数百万人口，为了建造这一人类奇迹，三分之二的区域沉入了水下。后来就将剩余的区域并入新都，成为了新都市新洲区。

"真不好意思，电梯里就那么一块广告，让你特意跑到这儿。"

"不要紧，坐快轨十几分钟就到了。"

"守木警官之前来过新洲吗？"

"我出生在长洲，但不久就随全家搬到了新都。从我记事起一次也没有回过。"

"那有点儿可惜，现在连长洲古城也在水下了。"

"您是长洲人？"

"不，我是从DW北区总部调来的，在新都工作了五年。"

守木啜了一口冰茶，轻轻摇动饮料杯。

失去了锐角的冰块，已经无法发出那种让人安心的声音了。

还要继续这无意义的对话？

"为什么约在这里？"守木说。

"嗯？"凌林说，"噢，那是因为当时电梯的墙上——"

凌林看着守木的眼睛笑了。

"那不是明摆着的吗？"凌林说，"电梯里有录音录影，DW的三代摄录档案，可不容易消除。"

"DW认为这是事故。"凌林指着自己。

"警视厅同意了这是事故。"凌林指着守木。

"而属于 DW 和警视厅的你和我,却不这样认为。"

"一边躲避集团高层的视线,一边依靠自己双手拨开迷雾追踪真相。嘿,这就叫那啥——"凌林忍不住笑,"叛逆的英雄?"

守木皱起眉头。

凌林从包中抽出一个文件夹。

又是 DW 报告书?

"嘿嘿,不是 DW 报告书,"凌林说,"这里面可都是我的独家情报。"

凌林将文件推过桌面。"三个月内,这种连锁巧合杀人事件已经发生了六次。"

守木的脑内传过一阵轻度眩晕。

"最新的事件排在最前,"凌林说,"已经不是你接手的那个了哦。"

守木翻过一页。

北新都一家全森便利店中,一名男子被美工剪刀戳入颅内致死。死者用未付款的尖头美工剪修剪鼻毛,结果却因为十五环的链式反应,阴差阳错地赔上了性命。现场的监控设备记录下了整个过程。

"这回有可疑人物。"凌林示意守木翻页。

事发三天前,便利店的夜班店员与顾客打架导致店内设施损毁。该斗殴事件形成了反应链的三环。更可疑的是,这名店员在入院的当天就弃疗逃跑,至今下落不明。

守木翻过一页,看见了一张摄像头拍下的模糊照片。男人穿着全森围裙,应该比自己大,再看了几眼后又感觉比自己小,男人抿着嘴唇看镜头,嘴角仿佛被摄影师指挥般不情愿地翘起。

守木盯着照片看个不停,对方模糊的脸庞让她十分在意。

守木见识过许多恶性犯罪者的脸,这张脸最终也要归入其中?

"如果可能的话,请你从警方的渠道查查这家伙,我这儿可是一点资料都找不到。"

守木长久地盯着照片。

"可别以貌取人哟。"凌林露出轻快的微笑,"现在的犯罪者,可都长着一张让人迷惑的脸。"

凌林将一枚卡通贴纸按在男人的脑门上:一类嫌疑。

08

青冶

给我好好拿着

"别往前走了！"

嗡嗡声像从天外传来，是在和我说话？

青冶的双脚被紧紧绑在玩偶的腿中，跌跌撞撞的样子倒是十分符合人物设定。

"喂，回来回来，就站这里。"

青冶点点头，又想到对方并不能看到自己脖子的动作。

青冶上下摇晃胳膊。

"可别偷懒，"对方将一叠传单塞进他的手中，"再发300张。"

青冶捏住传单。

"弯腰。"

青冶弯下腰。

"再弯再弯，"对方敲了一下青冶的脑门，从外面看来应该是鼻头的位置，"记住了，递出去时要弯腰，这样才萌。"

"这些今天要发完。"蛋糕店店长走远了。

青冶偷偷仰起头，从玩偶咧开的嘴部吸了一口地下的空气。

这里是三条地铁的换乘站，繁荣的地下商业区，青冶的工作是穿着玩偶服发传单。

算上耳朵，玩偶的高度接近一米九，全部压在青冶的肩膀上。重量倒是次要，最让人受不了的是玩偶内部不断升高的温度。

五月天气感人，一号还在下雨，三号最高温就达到了34度，玩偶的主体是塑料泡沫，泡沫外裹着海绵，再外层是黑色绒布。

这玩意儿是保温箱厂的副产品吧……青冶感觉自己都要被焖熟了。也有好处。青冶自我安慰，至少不用担心摄像头。

从外边看，自己就是个全黑的大冬瓜，上细下粗，没脖子没腰，短手短脚。头顶竖着两片黑色小圆耳朵，白眼睛，黑眼珠，白鼻孔，黑鼻尖，底下咧着一条长长的大嘴。大嘴两边各有一块红得可怕的正圆形腮红。

这张脸是设计师有意而为，与其他单纯卖萌的吉祥物不同，它的表情就是这么暗黑戏谑，据说这才符合当代都市年轻人深层审美。果然，这家伙吞吃着都市人心中的暗黑，迅速在玩偶界崛起，大名叫做酷萌熊。

"酷萌"是舶来语音译，本身就是"熊"的意思，这样一来，名字的意思就成了"熊一熊"，好比"人类人"、"兔的兔"、"鸡鸡"。

酷萌熊，确实酷，那咧着的大嘴，与其强行说是微笑，不如说在哭？

青冶一顿胡思乱想，看看右前方的电子牌，时间才过去了五分钟。紧贴后背的泡沫给人一种能够倚靠的错觉，但真要向后靠去，立即就会翻倒。

正对面靠墙有个黄发女孩玩着手机。时不时举起来拍一张酷萌熊的照片，大概是把青冶当成真玩偶了。

青冶感觉有趣，继续保持静止。

一个垂着脑袋的中年男人右手牵着个女孩、左手玩着手机从青冶面前经过。女孩全程扭头看着青冶，突然笑起来挥了挥手。

此后就再没有别人。

距离晚高峰还有好一段时间，换乘站稍显冷清，远处地铁入口安检处的工作人员也坐下休息，只有电子设备孜孜不倦爱岗敬业。

置身于这极其日常的场景中，一个月前的那个晚上已经成了一场梦，青冶其实不愿回想。

"别回便利店，躲开DW，也别去找警察。"老头说，"你现在的住处算是安全，也须小心谨慎。"

之后怎么办？

"别担心。"老头看出青冶的忧虑，"咱俩都能遇上，命运之神可没有抛弃你。"

青冶叹了口气，或许命运之神还没抛弃自己，但现代社会大概已经抛弃了。

上回买的红花油还没用光，这下又派上了用场。右手刚能活动，青冶就出门找活。然而一旦留心，DW简直幽灵般阴魂不散。

医院、银行、车站，这些尚且不论，连便利店、工地、冷库、电商分拣站都用着DW的设备，想完全避开DW，简直就不用出门。

DW不知什么时候弄了个"信心分"系统，号称专为"社会灵活就业人员"服务，口号是"我有信心，您请放心"。

这个叫做"信心分"的东西算法复杂，一两句话说不清楚。据说能"通过大数据、云计算、机器学习等先进技术客观呈现出个人的信用状况"，已在"贷款、购物、租房、酒店、出行、餐饮、婚恋、学生服务、公共事业等上百个场景中为用户、企业提供信用参考服务"。根据不同的信用状况，系统将"社会灵活就业人员"分为蓝、白、黄、红、黑五档。

像在快餐店打工需要健康证一样，现在越来越多雇主要求起这个"信心分"。

经历了之前的事儿，青冶估计自己在那里面已经黑得发紫。任哪家雇主看了自己的评分都不会有信心。

——连在冷库搬搬冻鱼这种半固定工作也干不了。

剩下的只有派单、扫码、临促、充场、礼仪这些日结的工作。

然而活排不满，一周有五六天待业，生活开支却无法降低，电子钱包中本来只剩几百，青冶连着一星期只吃白饭白煮蛋，眼看着也要朝不保夕。

电子钱包中的数字跌破三位数的那个晚上，青冶梦见了喵娜。

两人站在一家"炸炸香香鸡"的门口，柜台里的金属容器中飘出吓死人的香味，青冶咽着口水。

"喂，好久不见。"喵娜就站在自己的身边。

想再看她一眼，但青冶的视线却无法从黄澄澄的鸡块上移开。

"哎，真笨，"喵娜揽着青冶的胳膊，"用积分换呀，不是给了你个好东西么。"

青冶从梦中惊醒，跳下床抓过手机。

"在线安装,在线安装。"

盯着速度感人的进度条,青冶想起了一个笑话。

——这个时代人人都能成功。

——安装成功,注册成功,支付成功。

14ALL,没听说过。

青冶之前听说过一个叫做"19LOW"的APP,标榜自己比"18禁"还要更LOW一级。那时为了干活被强行要求装上,点进去一看果然名副其实。自那之后青冶就对这种"数字+字母"的名字毫无好感。

都是为了钱!

半分钟才跳了百分之三,光看这进度条就直打瞌睡,青冶眯起眼睛。

"是否允许……"

是,是,是,允许,允许,允许。

青冶将手机插上充电器,倒头就睡。

闹铃像防空警报。

青冶脱离了无梦的睡眠,摇晃着走向洗手间,洗漱之后走回室内,对着窗外做了半套精简版广播体操。

低下头,窗台上的手机竟然还停留在APP的界面:安装完成。

"不是成功嘛。"青冶拿起手机,点击"下一步"。

"是否允许使用位置信息。"是。

"哟。"乍一看像导航软件。

青冶拖动地图。小区里有个小圆点。任务?完成的奖励是——

"500 pts……"青冶一个激灵,那么是50块?

青冶点击任务详情。

"清洁任务?"任务目标是在小区中收集 12 个被人乱丢的饮料瓶,再扔进指定垃圾桶。

这样就给 50 块? 50 块不算多,可也绝不算少。就算 5 分钟捡一个瓶子,一小时也能干完。一小时 50,一天干上 24 小时,就是 1200!当然不能这么算。

反正闲着也是闲着。青冶立即点击接受任务,穿鞋下楼。

目标饮料瓶大多在路旁的绿化带中,一目了然,根据 AR 的指示唾手可得。除此之外,地下车库里有两个,配电房后有两个,树枝上插着一个,这些搭配三轴陀螺仪也很快就找齐了。

青冶越干越来劲儿,最后那个饮料瓶稍有难度,浮在池塘的一角,青冶根据任务指示先得到了"废弃拖把柄"道具,之后又回到池塘捞出了饮料瓶。

青冶将这 12 个饮料瓶全部丢进靠近东门的垃圾箱,又根据 APP 的指示拍下照片。

"当当!"伴随激动人心的振音,屏幕中央跳出一条红色缎带,中间金光闪闪四个大字:"任务完成!"

看任务时间,只用了 33 分 21 秒。

"您已获得 500 pts,请登录后领取。"

青冶填入姓名、手机号、关联电子钱包。

"注册完成,新用户首次完成任务获得 500 pts 奖励。"

喂喂……这不就有 1 000 pts 了?

青冶赶紧点击兑换商店。哇,果真有 1 000 pts,除了兑换现金之外,14ALL 的点数还能用来充手机费,兑换全森消费券、天狗超市抵用券、MC点卡、Z充值等。

青冶点击兑换现金。

下一秒，青冶的电子账户跳出一条消息：您已收入100元。

那天中午，青冶吃上了包含鸡翅鸡腿鸡块的"超鸡套餐"。

短短一周，青冶就从14ALL里赚到了9 400 pts，全部兑换成现金存进了电子钱包。

一定是APP公司的推广手段，今后奖励一定会大幅下降。青冶提醒自己不能完全依赖这个APP，却被有趣的任务吸引了。

简单说来，14ALL就是一个"做好事，得奖励"的APP。

任务五花八门无奇不有：收拾餐盘，清洗街头雕塑，拯救共享单车，删除图书馆电脑里的流氓软件，铲除广告贴纸，修灯箱，擦玻璃，拧螺丝，搬花盆，让座，甚至随手关灯都能获得pts。

各个任务的时长不同，消耗的体力不同，但奖励的pts数量却似乎并不以此为依据，有时一个五分钟就能完成的整理任务给300 pts，另一个一小时才能完成的快送任务也给300 pts。

每个任务都有清晰的步骤说明，在AR的指引下连小学生都能轻松完成。

任务分"搜索任务"和"推送任务"两种。

搜索任务都在地图上挂着，要自己去点击领取，一般任务奖励在两三百点左右。推送任务差不多三天一条，奖励点数全部都在500 pts以上。

任务来时，APP会用三声蜂鸣作为提示，如果设了静音就是三下震动。

青冶来者不拒、一律接下,就这样一直干到了今天。

多亏有了14ALL,加上打工的收入,青冶至少每天都能吃肉了。

"嗡——嗡——嗡——"哇,金币的震动。

青冶精神一振,连待在玩偶里都不感觉闷了。

青冶将手从布套里抽出,伸进裤袋掏出手机,低头去看屏幕。果然是14ALL的任务,然而让人惊奇的是——

青冶简直不敢相信自己的眼睛。

1 900 pts?

任务上挂着一个慢慢缩短的绿色时间槽。

是限时任务,青冶立即明白过来,难怪有这么高奖励。

青冶庆幸自己反应迅速。

接受任务的时限是1分钟,青冶迅速阅读起任务说明。

先移动599米到达任务点,找到遗落在该处的公文包,再移动424米将公文包交至车站失物招领处。总位移1 023米,全程都在地铁换乘站内,需在10分钟内完成。

能行,青冶立即点击接受,跟着跳出的任务指引往前走。

没时间脱玩偶了,如果被发现就说去厕所。

任务地图显示公文包在2号出口附近,地图距离599米,然而却有2个站层的高差。青冶等不及无障碍电梯,踩着电动扶梯往上跑。距离任务点还有74米,青冶已经看到了指示牌——好巧,真是洗手间。

青冶加快脚步。

洗手间的转角一个男人旁若无人地直冲出来,青冶千钧一发间闪身避过。

男人黑发中分，穿一件衬衫，颜色介于紫色绿色之间。分头男擦着青冶经过，丝毫没有抱歉的意思，仿佛这个黑乎乎的庞然大物并不存在。

男人的身上透出一种阴沉的气息。

不祥的预感，喂喂，这会儿撤退还不算晚。

1 900 pts！青冶毫不犹豫地挤进男洗手间。

洗手间中没人，只有一股淡淡的烟味。

在哪里在哪里？钻在玩偶中操作手机十分困难，青冶看着AR标示的角度，打开了第二个格子间，一无所获。

青冶拉开第三个格子间，在坐便器不起眼的后方，放着一只黑色的塑料袋。乍一看还以为是垃圾袋。青冶看看屏幕，VR标记直直地落在上面。

青冶立即走进格子间放下门锁。

看看任务时间，还剩6分22秒，不枉自己跑得一身汗。

青冶打开塑料袋，里面是一只深棕色公文包。

公文包不重，13英寸上下，有背带扣但没装背带。皮质提把下面的主拉链隙开了一个小口。

就看一眼，最多十秒。

青冶将坐便器的盖子翻下，放下公文包，刷地拉开拉链。

首先看到的是两个黑色尼龙卷儿。

运动护膝？护腕？再仔细看，护膝中间连着结实的金属扣。

当意识到那是什么时，青冶浑身一颤。

青冶立即向下翻去。

按摩棒呢?快出来。口球、眼罩、尾巴、小皮鞭,来个蜡烛也好啊!青冶盼望这是一个 SM 玩家的掉落物品。

然而出现在面前的,除了刚才那副尼龙手铐之外,还有两块密封湿布,胶带,口罩,注射器,捆扎带,另一副尼龙手铐……

距离任务时限还剩 4 分 24 秒,青冶走出洗手间。

酷萌熊的左手拿着一叠蛋糕店传单,右手空无一物,摇摇摆摆往前走。出了拐角之后,酷萌熊径直往站厅后面换乘 12 号线的通道走去。

400 米,300 米,200 米……

除了正面的一小片亮光,青冶看不清周围,却能感到有谁正在逼近。虽然第一视角一切正常,却能从第三视角看见中分男正拨开行人,径直走向自己。

青冶压住心跳,如果这时快跑,反而更会引起注意。

喉咙干渴得要命,还剩下几秒?

"喂,"肩膀被按住了,紫色的袖口在面前一闪,"总觉得你这家伙,不太对劲嘛。去洗手间干啥?"

"呼呼呼——"酷萌熊后退了一步,立即弯下腰,将一张优惠单递到分头男面前。

"哈?"中分男没有去接。

酷萌熊原地打了个转,很苦恼地抱着头,"呼呼呜——"再次将优惠单递到中分男的面前。

"混蛋,耍我?"中分男抬起一脚,踹在酷萌熊的屁股上,一下把它踹倒在地。

酷萌熊扑在地上就不起来了，双手在脑袋两边乱拍。"呜哇呜哇——"

中分男踏上一步，揪住酷萌熊的耳朵。

"喂！敢欺负我们酷酷。"一只大手抓住了他的肩膀。

中分男回过头。

一个提着健身袋的猛男怒目圆睁。

健身汉子从地上捡起一张传单，"咚"地拍在中分男的胸口。

"给我好好拿着！"

"你算个——"中分男话到嘴边停住了。

周围不知什么时候聚起了一圈人，叔叔阿姨小女生一个个都举着手机拍着视频。

"欺负酷酷不要脸！"

"太混蛋！叫保安！"

"给酷萌熊道歉！"

"——卧槽。"中分男朝健身汉子虚晃一拳，一头扎进看热闹的人堆里跑掉了。

"你，没事吧。"健身汉子扶起酷萌熊。

"呼呼呼！"酷萌熊转了三圈，以动画中的标准姿势向大家挥手致谢。大家一起拍手。

酷萌熊挥挥手，向站厅服务处走去。

"哎？我其实想要那个优惠券呀。"健身汉子抓着脑袋。

"在2号口厕所里捡到的。"

青冶将留有自己牙印的提包交给了站厅工作人员。

对方拿着提包走进后面的工作间时，青冶迅速离去。

低头看看手机，倒计时还在走：12，11，10，9。

时间最终停在 9 秒，任务完成。1 900 pts。

青冶站回工作位后不久，地铁中一阵喧哗。两个佩有警号的警察匆匆走过，步话机嘎嘎直响，后面跟着四个地铁安保，再后面是一堆吃瓜群众。

"喂，怎么了？"青冶挡住其中一个红 T 恤男人，"着火了吗？"

"拐卖儿童。"红 T 恤说。

"一个小男孩，在洗手间里叫救命，"旁边另一个绿 T 恤停下一步，"被旁边的人救下来了。"

"不会是现在流行的那种阶段犯罪吧。"

"阶段犯罪？"

"准备工具，抓人，运输，销售，每方只负责一段，专项专精。"

"靠，搞得像创业公司一样，太可怕了！"红 T 恤完全不像害怕的样子，"人抓住了吗？去看看。"

"走。"红绿两人快步走去。

青冶的双脚不由跟着人潮移去。

大脑一片空白，眼前浮现出深棕色公文包中，密封袋装着的湿布——猛然意识到自己刚才做了什么。

呵，一阵难以言喻的悸动涌上心头。

好像做了一件很好的事。

——等等，脑中好像还有什么其他的东西在翻腾。

青冶想起来了。

宣传单散落在地,青冶没有去捡。

酷萌熊大步向前走,青冶的眼底涌起泪水。

——原来是你。

暴雨中的电梯,撕下的书页,葫芦形简笔画,不会再有其他的答案。

那个悄悄帮助着人们的精灵——就是你。

我真是太傻了。青冶像酷萌熊一样咧开嘴,泪水涌出了眼眶。

不是一开始就告诉我了吗?青冶一遍遍地默念着 APP 名字。

"14ALL"还可以这样念:One for All.

09
守木

上一次是鸽子，
这回就变玫瑰

新大樱花烂漫的时节，望去也像绯红的轻云。

沿着笔直的敬校路夹道铺开，绵延好几百米。道路两旁没有大型建筑，一侧是篮球场，一侧是网球场。抬头望去，红云间掩映着靛色的晴空。

粗壮的花枝上伏着慵懒的白猫、黑猫、黄猫，一个个都醉醺醺眯着眼。惠风拂过，花如雨下，一枚花瓣落在了黑猫的脑门，黑猫缓缓圆睁了眼睛，伸出白色的爪子去挠，却敲到了树枝，又撒下了一丛花雨。

樱花与猫，这就是新大。

守木站在花下，久远的记忆浮上心头，守木不再看花，低头翻开宣传册。

新都大学位于新都北文新区，是世界级著名的研究型综合大学，简称新大。作为国内最高学术殿堂和七所旧共和国大学之首，在全球都享有极高的声誉。

新大诞生于1898年,由"上京明智学校"与"上京医学院"合并改制而成。初设法学、理学、文学、医学四个学部和一所大学预备学校,是国内第一所综合性大学,也是亚洲最早的西制大学之一。学校于1912年更名为"共和国大学",1949年后正式定名为"新都大学"。

新都大学理学部尤为突出,以顶尖的工程学和计算机科学闻名世界。截至去年年底,新都大学的校友、教员及研究人员中,共产生了89位诺贝尔奖得主、6位菲尔兹奖得主,以及24位图灵奖得主。大学整体水平位列QS排名世界第二、ARWU排名世界第五……

一连串数据看得守木头晕眼花。

肩膀被碰了一下,守木抬起头,几个扛着天文望远镜的男生从守木身边跑过,"对不起。"

"没事儿。"守木将宣传册塞进提包,向音乐传来的方向走去。

作为每年新大樱花节的压轴戏,名为"百团决战"的校园社团招新活动正在举行。这次的"百团决战"恰逢新都大学学生社团联合会成立六十周年,各类庆祝活动尤其热烈。

天文协会,网球协会,人生百马协会,航模协会,用光艺术摄影协会,浪诗社,宅舞社,兼职社,求真社,修真社,第九艺术协会,桌游研究会,夜光协会,月光协会,手办与演讲协会,推理研究会,推手研究会,MOBA社,长曲棍球协会,荣耀社,冷笑话协会,棒垒球协会,烂柯社,未来社,99RPG研究社,洗剪吹协会,大气质量研究会,归宅部,克林贡语协会,禅与大学生心理健康协会,绿色未来协会,地下空间开发协会,双色球入门到精通协会,双马尾协会,多米诺爱好者协会,灵异事件调查社,蜡烛图技术协会，SONIC音游协会，武藏野原创动画社，极限平衡车协会，全脑功能开发协会，比特纪元协会，末日求生协会，木球社，木造社，古生物料理协会，性别转换协会，生而为人很感谢协会，手语协会，无语协会，无土栽培协会，密码学爱好者协会，人造人协会，野生动物保护协会，狩猎协会，3D打印创世社，飞天科幻社，乐高社，网骗协会，现代五项协会，ARVR研究社，粉红社，ASMR创造社，洋葱也上网协会，眼镜控协会，我说你笑协会，意思意思学习会，意式方便面协会，直立行走协会，毕业即就业协会，活活活海洋协会，单车猎手协会，光之社，光头社，致用体操社，文明社，信仰充值社，无线电协会，蒸汽机车协会，看门狗应用技术协会，智商80＋协会，手帐协会，睡书店协会，睡不着协会，挑衅社，桑巴社，新新人类马戏社，基本生活社，我心飞扬社，管乐社，AI抵抗社，MOD之家协会，原谅协会，无人机协会，枯山水协会，矿物化石协会……

每个社团都使出了浑身法宝，展示着自己独特的魅力。

守木被人们的热情感动，一时流连其中。

耳边传来一个熟悉的声音。

"美丽的少女，现在我就要偷走你的'心'了哟。"

人群中高起的小舞台上站着一个身穿绿色燕尾服的俊俏男子，伸出手掌对着台下一位年轻的少女。

少女穿着魔法套裙，头上戴着一只尖顶魔法帽，应该是隔壁社团来玩的吧。

守木看看横幅——次元魔术社。

"才不会！"魔法少女红了脸，"魔术不可能战胜魔法！"

守木叹了口气。喂喂,这不是已经要被偷走了吗?

"美丽的少女,请将你的帽子借给我。"魔术师说。

魔法少女摘下尖顶帽,整理了一下后交给魔术师。

魔术师将帽子举在空中,原地转了三圈。

守木清楚地看到那里面什么也没有。

守木紧紧盯着魔术师的动作,这回一定抓住你。

"看好了哦。"魔术师用左手把帽子轻轻托在手中,右手在空中一挥,袖管微微扫过帽口,随即猛地向上一撒。

"哇——"

是幻觉?守木无法相信投射在视网膜上的景象。

鸽子鸽子鸽子!一只接一只的鸽子冲出帽口。

观众一时看傻了,随即鼓掌欢呼。

一,二,三——一共七只,光是将这些鸽子塞入尖顶帽都不可能。到底是从哪里飞出来的?

守木注意到鸽子的动作并不灵便,像逃离噩梦般鼓动翅膀,疯狂地蹿进天空。

观众的注意力都集中在魔术师身上,并没有发现这个细节。

"是鸽子,不是心,少女的心永远属于她自己。"魔术师将魔法帽轻轻戴回少女的头上,周围再次响起欢呼声。

在大家的强烈要求下,魔术师答应再来一个。

"再变一个什么好呢?"

"上一次是鸽子。"魔术师指着人群前方一个穿拉拉队制服的女孩,"这回,就变玫瑰!"

"哇——"听懂玫瑰梗的男生们吹起口哨。

在二次元语中"白鸽"的发音很像"Heart",而"玫瑰"的发音则像"Bra"。

拉拉队女孩的胸部特别突出,E、F、G 都有可能,满脸通红地抱起胳膊。

真不想被他变出来的话就赶紧跑掉,守木感觉这家伙又能成功。不经意间,魔术师和守木对上了眼。

魔术师微笑着。

"Surprise——"魔术师变出一把玫瑰。

"喔——"台下的男生们一齐喝倒彩。

魔术师哈哈一笑,不为所动,微笑致意全场之后走下小舞台,退回后场。另一个女魔术师走上了舞台……

守木绕过人群来到了后场。

绿燕尾服的魔术师正等着守木。

"哟,你好。"凌林首先致意。

"你怎么在这儿?"守木问。

"我可也想问这个问题。"

"师父,这位是你的嘿嘿嘿?"凌林身边一高一胖两个男生好奇地看着守木。

"师父不敢当,"凌林说,"是顾问哦,顾问。"

"有啥不敢当,师父的魔术比大卫都厉害。那么多鸽子,怎么变出来的?"高个子问。

"喂喂,饶了我吧。"凌林说,"这可是我压箱底的技术了。每次见面都讲解一个,我都没法继续当魔术师了。"

"嘿嘿,透露一点儿思路也好。"小胖子问。

"下届百团大战时教你们，"凌林拍了拍手，"这会儿我要和这位可爱的女孩约会去了。"

守木没有解释。两人穿过热闹的主路，向校园深处走去。

"真蓝啊。"凌林眯着眼睛仰望天空。

守木也这样想。

"据说在严重污染的未来世界，只有核战争和丧尸爆发后才能再见到蓝天。"凌林说。

丧尸么。守木想。

"不觉得丧尸和人类的转化很有意思么？"凌林说。

"人会变成丧尸，通常是因为某种病毒。"凌林说，"然而对于丧尸来说，人类的体细胞才是病毒，一切阻止这个人丧尸化的细胞都是病毒。

"丧尸的生存能力可要大大地超越人类，要是打起核战争……"

两人此时坐在校园咖啡店的露天茶座里，面对一片开阔的水面，映着后方葱翠的竹林。一条曲折的石桥穿过水面通向湖心，那儿立着一座青瓦朱栏的湖心亭。

不远之外，社团大战仍在继续，炽热的人声被竹林与湖面一隔，听来竟然像数念珠的声音。

"那个就是三好亭么？"守木望着水亭。

"三分之一。"凌林笑，"三好亭是三座凉亭的合称。湖心一座，林中一座，山顶一座。从酷歌地图上看，水亭、林亭、山亭的连接线，正好是一个等边三角形。三好亭的历史可以追溯到千年之前，当然现在我们看到的这些都是1949年之后重建的。"

"三好是哪三好？"

"这个名字没有史料记载,应该是建校后才起的。现在一般认为是'德智体'全面发展的三好,也有说法是'好学好思好辨'三好,组成了'学如山,辨如林,思如水'的等边三角形。"

守木若有所思。

"形式感很强吧?"凌林说,"作为内容的人之本体,也常会因为形式的不同而改变。"

"比如?"守木说。

"比如说不穿制服的守木警官,明明就要更可爱呢。"

"我也觉得你穿这个颜色更可爱。"守木说。

"哈哈,谢谢。"凌林慷慨一笑。

"从刚才那样的活动现场经过,请问有何感想?"

"人类社会的多样性之美。"守木说。

"嗯,然而这多样的美,都在追求同一种东西。"

"嗯?"

"那就是同类。"凌林从桌上拾起一片花瓣。

"一片樱花如此渺小,一树樱花也不算突出,但聚而为林之后就美得惊人。

"人总是在寻找同类,渴望成为某个巨大群体的一员,在那种归属感中获得失去自我的幸福。"

"那个代表无我的标记就是,"凌林说,"制服。"

守木也看见了。好些社团都带着自己的团服,新成员入会后就在大家的欢呼中套上印有社团图案的T恤衫。

守木不由得想起自己第一次穿上警服时的心情。

"新人穿上制服的瞬间,一下子变成了另一个人,获得了那由群体制作的光环。

"腼腆少女穿上桑巴服就能在人群前起舞,羸弱的少年穿上跆拳道服就敢上场迎敌。戴上白色高帽可以做出更美味的料理,套上摄影背心可以拍出更优质的照片,这些都是被心理学证明了的答案。

"人类被形式所困,也被形式加持。咱们追寻着的那位主人公,不也是这样么?"

终于说到了正题,守木不由挺直了脊背。

在那六个事件之后,犯罪者像完成了暗杀任务的潜艇,关掉发动机潜入深海。然而任何看过报告的人,都明白之后一定会有第七个事件发生。

"公元六世纪后期,以对神之爱的违背程度为序,教宗艾文略一世列出了传说中的'七大罪'。暴食、色欲、贪婪、懒惰、暴怒、嫉妒,以及——"凌林说。

傲慢。守木想。

"哎嘿,剩下的一个是傲慢,这可糟糕了,"凌林作出苦笑的表情,"总觉得在这个新都里,人人都有可能成为目标呢。"

"毕竟——光是身为新都市民这件事,就让人觉得自己高人一等呢。"

是说那个事件吗?守木保持沉默。半年之前新都发生过本地居民聚集驱逐外来人口的事件,甚至发展为打砸外来车辆。警视厅出动了全部警力才平息了事件,自己那一阵也忙得够呛。

"说出这样的话,"守木说,"你也够傲慢的。"

"哇,可怕可怕,"凌林表示无辜,"难道我就是下个目标?"

"嘿,傲慢的人可不爱团队合作,"凌林说,"之前追加的资料收到了吗?"

"收到了。"守木说。

"总感觉是我一个人在提供情报,"凌林说,"守木警官就没有点儿新发现?"

"没有。"守木说。

并不是谎话,那六个案件全部都是完全犯罪,没有任何破绽可言。凌林追加的资料不过是为这完美多添了几份佐证。

神罚、天诛,用上什么词都不为过,这样的案情要是被信徒们知道,说不定会作为新时代的神迹来宣扬。

"嘿嘿,那今天来新大,"凌林掸了一下红白色的条纹领结,"是专程来观看我的魔术表演?这可真是诚惶诚恐荣幸之……"

"Stop。"守木制止了凌林做作的表演。

这家伙的嗅觉灵敏得像狗熊。

守木看看表,与中原教授约定的时间就快到了。

"带你一起去就是了。"守木站起身。

这家伙说不定能发现些什么自己没有注意到的东西。

虽然总是一副小丑模样,但却万万不可轻视。守木认为自己从未见过凌林真正的脸。

10 青冶

请您到两侧的展台进行体验

新都的气温从昨天起剧烈攀升,今天中午打开天气预报时已显示37摄氏度。大厦、广场、喷泉全部被热浪烤得变了形。远处人行道上橙、黄、绿、蓝、金的共享单车混在一起,眯着眼睛看那斑斓的彩条就像是某种死去的剧毒毛虫。

青冶起初只觉得长袖工作服太热,晒到这会儿却很感谢衣领和袖管。黑衣黑裤黑帽,站在下午三点半的水泥小广场上,青冶努力挺直脊梁。五米开外,同事背后的白色"TEQIN"字样在太阳里亮得晃眼。

今天这份工作是数月前认识的范领队提供的。接到电话时,青冶正刷着14ALL,地图上空空荡荡。

所谓"领队",就是零工们的工头。

会展,派单,促销员,电商库房分拣员,宴会、综艺、开幕充场,代购排号,等等,都需要领队组织人手。

"你们可别觉得我是人贩子,剥削了劳动成果。"一位领队曾在活动开场前这样训话，"要不是京大毕业的我能谈来客户，你们连饭都吃不上。是不是这么回事儿？"

在喊着"是"的方阵里，青冶没有张口。

每个领队都有一句口头禅，比起那个"京大、京大"的领队，今天这位范领队的口头禅是"兄弟辛苦了"。

或许就是这个缘故，虽然已经能靠 14ALL 维持生活，青冶还是接下了这个工作。

今天的工作是给耐迪公司的新品发布会当保安，中午 11 点报到，不提供午饭，站到晚上 11 点收工，中间提供一顿晚餐，一共 110 元。

"兄弟辛苦了。10 块钱一小时真不高，但客户只有这点儿预算，凑不齐人这活就没了，就当是帮我个忙吧。"

青冶没有指出中午 11 点到晚上 11 点不是 11 个小时而是 12 个小时，这样的话，要 120 元才算是每小时 10 元。再想想如果工作餐也算 10 块钱倒是正好。

自上次的手提包事件之后，青冶就不再主动去找零工，从早到晚用 14ALL 刷任务。起初一天也接不上一件，搜索地图时一片空白。然而一旦跳出任务，青冶就立即接下。

半个多月之后，渐渐一周能有三四个任务推送，搜索地图时发现任务的概率也越来越高，青冶不计报酬，不论远近，一律接下，认真完成。

可惜今天没有。

110 元呐，青冶出神地盯着白花花的水泥地，前方落着一颗指甲盖长的螺钉，螺纹部分银闪闪的，顶端的十字已经锈了。

110元,那就是1100 pts。用上14ALL之后,青冶习惯性将价格都转化为点数。

虽然不算多,但任何工作只要是自己接下的就要干好。

青冶保持着身子正直,不去想还有几个小时。

"就是你。"胳膊被一把拉住,青冶立刻回头。

黄T恤,黑色灯笼裤,鸡冠头,一个戴黑框眼镜的胖男人拉着自己。男人左耳上穿着十七八只耳钉,胸口挂着一块橙色工作牌,底下露出巴掌大的洋葱头,就是这次活动的吉祥物。

"喂,"男人用尖嗓子喊了一声,"小范小范!"

"张总监,"范领队眨眼就出现在了面前,"我在,我在。"

"这人是你带来的?"

"是的,是的。"

鸡冠头盯着青冶看了几眼。

"里面要一个人,就他吧。"鸡冠头摘下青冶的特勤帽子塞给范领队。

"好,好,"范领队转过头对青冶说,"你跟张总监进去吧,一切听他安排。"

在太阳里站了太久,踏入展馆时眼前一花,鞋尖已经踢到了深黑色的警戒杆底座,破锣般"哐——"的一声。

"啧啧。"鸡冠头转过脸,跷着兰花指捏住鼻头。

青冶这时才闻到自己身上的汗臭,有些不好意思。

鸡冠头走到了前台的粉丝签到处,"拿件L号工作衫。"随即把塑料袋塞给青冶,"换好到展台找我。"

青冶接过工作服走到洗手间,长长的小便,随后走到洗手台前。龙头中居然能放出热水,微烫的水流冲击掌心,身体舒服得一颤。青冶脱下特勤服和湿透的T恤衫,光着上身俯下肩膀,狠狠洗了把脸。

塑料袋中是件黑色POLO衫,胸前口袋上印了一个红色洋葱头。青冶穿上后转向镜子,L码正合适。青冶整理好头发,将换下的特勤服塞进塑料袋,走出洗手间。

青冶走向内场,转过拐角的瞬间,蓝光、紫光迎面射来,刚适应了黑暗的眼睛立即眯起,场内正在调光。

过了好几秒才适应了光线,首先看见远方高处的一块巨型LED屏幕,跨度三十来米,上方几十台蓝紫相间的射灯一字排开,摇晃着扫过全场。

LED屏幕上是新生代超人气男星陆凡,连青冶都叫得出他的名字。

广告中的陆凡张着手掌,伸出舌头舔舐自己的大拇指。

旁边写着广告语:"凡我爱,必不凡"。

在他的身旁悬浮着七八双不同颜色的跑鞋,它们就是今天发布会的主角——STAR星系列超功能智能跑鞋。

广告板的背景是一行七彩大字:"Human Revolution",最右打着芯片厂商的LOGO,顶配的黑星跑鞋内置最新一代因特龙889芯片,运算速度超过了市面上绝大部分手机,当然价格也达到了惊人的8688元一双。

大屏幕下方是半圆形的主舞台,主舞台的后方设计了蓝、黄、黑三个开放式的房间。蓝色房间里放着单车和吉他,黄色房间布置成咖啡座贴着埃菲尔铁塔的远景,黑色房间里放着一张黑色电脑台,一把红色高背主播椅,墙上是充满未来感的LED箭头。

围绕着用警戒杆圈起的主舞台,几百个白色方糖矮凳铺成扇面形的阵列,蓝色紫色的射灯扫过,放射出梦幻的光彩,青冶不禁看呆了。

"喂!"鸡冠头把青冶叫到与主舞台遥遥相对的产品区。

这里一顺儿放着五张米色大展台,有种苹果商店的感觉,不过放在上面的却是跑鞋。青冶这回看出来了,星系列跑鞋的鞋面是一整块柔性屏幕,关闭状态下放射出深邃的科技之光。

"这桌,这桌,那桌,那桌,"鸡冠头指指两边的展示台,"可以动。"

"这张——谁都不许碰。这个方向,角度,包括这些玩偶,全部都是卡着激光尺摆出来的,"鸡冠头说,"碰一下就回不了位。"

"别说那些,包括这个桌面,"鸡冠头用指甲敲了敲桌面,"一个指印都不能留,明白了吗?"

青冶点了点头。

"不管STAFF还是嘉宾,哪个大大来都不能碰,"鸡冠头说,"如果有人想体验产品,让他们到两边的台子上去用,明白了没?"

"明白了。"

"明白什么?"鸡冠头问。

"该展台禁止触摸。"青冶回答。

"如果有人想试?"

"请您到两侧的展台进行体验。"青冶说。

"行,"鸡冠头晃着食指强调,"这张台子现在是什么样,活动结束时必须还是什么样儿。记住了,今晚你就是个人肉玻璃罩。"

鸡冠头转身走了。

青冶看看展台自我提醒，我是玻璃罩，我是玻璃罩。

五点半内场清场。青冶也被赶到室外，远远看见栅栏外的空地上站了两个方阵，每个方阵百来号人。大部分是年轻女性，胸前都挂着一块粉色的"粉丝"牌子，在工作人员的指挥下三五成群地让摄影师拍照。

今晚的发布会上，代言这个星系列智能跑鞋的明星陆凡也会到场献歌。

青冶被晒了几个小时，又在空调里吹了半晌，这会儿来到室外，浑身一阵舒爽。

"谁叫你出来的？赶紧回去看台子。"鸡冠头把青冶赶回室内。

这波清场之后，青冶在展台边又站了半个小时，之后陆续就有VIP宾客到场。

男女宾客们拿着红酒与甜点游弋在展区。

"实时体重、心率、步数都是基本功能……"

"两只跑鞋使用不同的技术架构，以高速网络……"

"放在鞋架上就能无线充电，跺跺脚就能发朋友……"

"全球首创的足控操作。用脚尖轻拍地面，双击，长按，八字，主屏。"工作人员踢踏舞般演示着功能，"还能自定义专属动作，比如跳起在空中碰脚，就立即打开炫光灯，在周围的地面打出自定义的图案。"

"在线同步接入'超级跑跑跑'节目，和偶像们互动，用脚投票。"

"鞋尖内置的摄像头可以扫二维码，也可以拍照。两千六百万像素，给您从未有过的全新视角。拍花花草草小动物非常出色，完全毫无察觉，设置好了就这样用脚跟一按。"

"哎呀。"一个短裙女生发出欢乐的尖叫。

青冶直视前方,像烈士陵园前的卫兵般纹丝不动,宾客们看到青冶,自觉地避开了中间的展台。

再站三十分钟活动就开始了,到那时就能休息。青冶暗自鼓劲,可还是忍不住打起呵欠。

回过神时,面前忽然站了一个男生。

男生戴着一只湖蓝色棒球帽,帽子里露出银灰色的散发,垂着脑袋,向最中间的那双顶配黑星跑鞋伸出手去。

哇。青冶迅速伸出手臂,将掌心挡在了他的手前。

赶上了。

男生缩回手,一脸惊讶地抬头,视线从咖啡色的太阳眼镜上边看青冶。

"对不起,这张展台仅供展示,"青冶说,"请您到两侧的展台进行体验。"

"哈?"男生说着再次伸手。

5厘米,3厘米,1厘米。

青冶握住了他少女般的手腕。

"喂!"男生的声音变大了。

"请您到两侧的展台进行体验。"青冶说。

"这张桌上哪儿写着仅供展示?"男生说。

"我收到的工作要求就是这样。"青冶说,"请您到两侧的展台进行体验。"

"放开!"

青冶松开了手指。

男生甩了甩手腕，狠狠地瞪着青冶。

两个穿黑T恤的高个儿壮汉穿过人群快步走来，眨眼就站在了男生身旁，自上而下瞪着青冶。

"把那个跑鞋给我。"男生看着青冶。

"我今天的工作，就是请您到两侧的展台进行体验。"

"你——"男生低吼，"滚开！"

"不行。"

两人的对峙吸引了周围的视线，举着酒杯的嘉宾们有好几位转过了脸，窃窃私语，举起手机。

男生跺了跺脚扭头就走，两个大汉紧随其后。

左边展台挂工作牌的眼镜女生急得脸煞白，从身旁的宾客手中抢过黑星跑鞋快步追去，另一个短发女生急匆匆地走到青冶跟前。

"喂，你闯大祸了！"女生说，"不知道他是谁？"

"他是谁？"青冶问。

女生冷着脸向当空挂着的LED大屏幕努努下巴。

不会吧……青冶在心中大喊，哪有一点儿像？

在那之后一切正常，七时普通观众开始入场，狂热的粉丝们蜂拥而入，大部分都是冲着陆凡而来，只有十分之一来到展台。

青冶还在忐忑，一边担心鸡冠头下一秒就会来训斥自己，一边担心男生会再回来，就这样又站了四十分钟。

接近八点时，头顶的音箱中传出了移动设备静音的提醒。全场的粉丝一阵欢呼，活动这就要正式开始了。

青冶松了口气。肚子咕噜一声，这会儿才感觉到饿。青冶从早上十点到现在什么也没有吃。

青冶双腿发软，想在展台上靠一靠，又想起这张台子碰不得，赶紧重新站好。

此刻全场灯光一暗，青冶的眼前出现了一对巨大的黄色翅膀。好梦幻，青冶不禁感叹。

男明星的粉丝叫做凡饭，刚才进场时青冶就注意到了。每个凡饭的头上都插着一对黄色的LED小翅膀，意思是"带你飞呀超越平凡"。

观众席分为三片，正中的一片是耐迪公司的相关领导和媒体嘉宾，侧翼则是头戴翅膀的凡饭粉丝团，几百对星星点点的小翅膀向着两侧延伸出去，组成了一双展开的大翅膀。

此时LED屏幕上出现了倒计时。

"3！"

"2！"

"1！"

粉丝一齐倒数，数到"1"时，最左边的蓝色房间忽然一亮，激烈的音乐和灯光同时降临，两男两女的舞者从蓝房间中舞出，全场爆发出一阵欢呼。

舞者中的一位竟然还是耐迪公司的领导，一边热舞一边举起麦克风："欢迎来到现场的各位！另外还要感谢虎鱼斗牙龙猫红猪印刻芭蕉乐乐今日天鹅千龙大触小麦咕咪一直萌动美脸幻夜爱魅嘀嗒天使云端热海在线直播平台的百万观众一起收看我们的——凡星不凡夜！"

青冶光是听着都没屏住气，甭提还要一边跳舞一边背完，心中十分佩服。

活动就此开场，劲舞之后是短片"Human Revolution"，架构设计师访谈，光电艺术表演，又一轮劲舞……活动进行到四十五分钟时，鸡冠头向青冶跑来。

青冶赶紧挺直了背，鸡冠头冲青冶快速挥手，示意他过去。

青冶跑到他面前。

"内场人不够，"鸡冠头指指扇形舞台的右方，"你去那里！"

"快快快！"鸡冠头推了青冶一把，青冶硬着头皮往人堆里钻，挤到指定位置。

疯狂的电子乐震得耳膜发闷，青冶刚站稳脚跟，就听身旁的保安低喊了一声："准备，来了！"

"哗——"声浪忽地卷起，竟比撕裂音箱的电子乐还要吓人。

"陆凡——陆凡——陆凡——"

一个穿红蓝条纹大衬衫的男生正从侧面挥手走上舞台。

所有头戴翅膀的粉丝同时站起，像被磁石吸引的铁屑不由自主涌去，激荡的人潮被内场保安组成的人墙死死顶住。

"咔咔咔咔咔——"

身后的光头摄影师举着半米长的镜头，以一秒十张的速度对着正在登台的男生狂扫。在他筋肉隆起的胳膊上扎着一根代表内场准入证的红丝巾，咬牙切齿面目狰狞。头顶的射灯以最大功率疯狂爆闪，电闪雷鸣间青冶感觉来到了战场。

"——你们——都是——我的——翅膀！"

走到台中的男生一声大喊。

简直像沸水掉进油锅，中子击中原子核——全场静了半秒，随即"哗"地炸开，千百只手臂霎时越过青冶的肩头伸向舞台。

"陆凡——陆凡——陆凡——"

青冶被压得窒息,整个人都要被扯碎,感觉自己正站在打开的真理之门面前,下一秒就要魂飞魄散。

手要断了!顶不住啦!

青冶这样想时,胸前的力气突然就退去了。

粉丝们站在距离人墙半米远的地方,有节奏地挥起了荧光棒。强烈的电子乐放缓了节奏,雷暴似的白光换为梦幻的蓝紫,男生开始唱歌。

一个一个翅膀是你的梦想
一次一次平凡不凡去发光
给你一个彩色的梦想
飞向一个美丽的地方
是我的平凡
是你的不凡
是你的平凡
是我的不凡
一个一个梦想是你的翅膀
一点一点去拿世界的奖赏
理想不会只是个想象
我们一起飞向那远方
是我的平凡
是你的不凡
是你的平凡
是我的不凡

……

"——陆凡——陆凡——陆凡——陆凡——陆凡——"

欢呼的粉丝随着节奏摇摆着手臂。

呼——青冶长吁一口气,抹了抹被粉丝们喷了一头的口水。

算是活下来了,青冶揉着发疼的肩膀。

身后摄影师暂停了几秒,又"咔咔咔咔咔"地猛拍,青冶好奇地转过脸。

——男生正望向自己这边,与青冶对上了眼。

青冶心中咯噔一下。

男生冲青冶幽然一笑,忽地怒目金刚,铆足中气一声断喝:

"不许打我粉丝!"

怒喝炸裂了大厅,青冶被这劈头一喝震得差点儿摔倒。

打?我?粉?丝?青冶目瞪口呆——总被娱乐新闻调侃面瘫的男生竟然拥有这样炉火纯青的演技。

"看什么!就是你!"男生伸出手臂笔直指向青冶。

全场的摄像机全部转向青冶。

"打我粉丝?"男生剑眉倒竖怒目圆睁,"滚出去!"

现场的剧变让所有人措手不及。

首先反应过来的是凡饭,现场上千人霎时齐声大喊:

"滚出去——"

"滚出去——"

前排的粉丝冲上来扯住青冶,台上台下一片混乱。

"我没——"青冶话未出口就被踹中小腿,身体一摇差点摔倒。

"喂！"范领队冲到他的面前。

"我没打人！"

"这会儿还说啥，快跑——"

几个保安护着青冶逃向后台。

鸡冠头立即赶到。

"我没打人！"青冶领口的扣子都被扯散了。

"张总监我们的保安都经过专业培训不可能——"

"还说，还说！"鸡冠头满脸通红，"几百万的活动，几百万人在看直播，出了这样的事，你、你、你能负责？"

"我没打人！"

"不可能，你肯定打人推人了，"鸡冠头又怒又急，"你，你，你要怎么负责！"

"我没打人！我要告他！"青冶把心一横，"打110！我现在就去找现场录像！"

"你——"鸡冠头拉住青冶的胳膊。

"要是我哪只手打了一下他的粉丝，我立刻剁掉！"青冶目眦尽裂。

"你你你你你你——"鸡冠头气得都结巴了。

"凡凡说打了就是打了！还能怎样？"鸡冠头气得脸发白，"再给我搞事，我先告你！"

鸡冠头扯住范领队："马上给他两百块让他滚！滚！滚！"

众人正在拉扯之间，入口处突然传来"砰！砰！"的打砸声。

演艺厅中一阵静寂。

只听外面的粉丝齐声大喊。

"谁打凡凡！"

"打凡凡的保安滚出来!"

"滚出来!"

"咣——"巨大的打砸声远远超出了日常限度。

鸡冠头吓得脸色乌青,猛推范领队,"还不快去!"

青冶随着保安们一起往门口跑。

不知谁将场内的消息错传出去,都说保安打了凡凡。

原先集结在门口等散场的粉丝护凡心切,敢死队般冲击入口,外场的保安已经抵挡不住全军溃散。

粉丝们冲到主馆入口,全部挤在玻璃上拍门。

"开门!"

"开门!"

为了今晚的凡星不凡夜,广场上也布置着蓝紫色的射灯,低角度的射灯从背后照出一群疯癫的人形,简直就是丧尸游戏。

"让!让!让!让!让!"

人群划开一道,一个长发人影抡起一根警戒栏,只听"咣当"一声巨响,厚重的钢化玻璃门硬是被砸出一道白坑。

"嗷——"室内的保安们一齐怒吼,用强光手电对着玻璃外的粉丝们乱扫,却激得他们更是发狂。

青冶急中生智扯过一个吉祥物玩偶外壳挡住玻璃。众保安"噢——"地顶上,一时堵住了门。

外头的粉丝砸个不停,砸墙,砸窗,砸护栏,有人砸了广场上的射灯,又举着射灯来砸。

青冶从缝隙望出去,外头的灯光一盏接一盏地熄灭。

粉丝们都聚到门前,整个墙体都在震动,两个玩偶外壳实在堵不住四扇玻璃门,眼看最右的一扇就要崩塌。

要是让这些疯子冲了进来,后果不堪设想。

"你们报警,"青冶咬紧牙关,"我出去说清楚!"

"这——"范领队说,"兄弟太危险了。"

青冶下定决心,顶住一锤:"一人做事一人当。"

青冶将门奋力向外一撞,闪身出去,跃入广场。

"——我没打人!"

像是听到汽车警报的丧尸,粉丝们立即涌向青冶。

一只射灯迎面飞来,青冶闪头避开,冲入敌阵。

"——我没打人!"

粉丝们围追堵截,青冶左冲右突,一骑当先,如入无人之境,身后的人群硬是追出了一个锐角。

"——我没打人!"

青冶三声怒喝,胸膛炸裂,一时只觉气冲云天。

百千粉丝中竟无一人能追及青冶,前方已是柏油路面,跑到十字路口就有岗亭。

脑中闪过灰发男生洋洋得意的那张脸,青冶大喊一声"废物!"纵身跃出广场。

左方突然一片强光,一辆跑车将青冶撞飞了。

——视线一片模糊,世界只剩幽蓝狭长的一线。

又是那个梦吗?青冶无法操纵自己的身体,像沉入游泳池底的铁锤。

隔着水面传来了模糊的人声。

"……大哥……陆董叫吃饭……咱……"

"……你几个先去,我收拾了……"

水上的说话声、脚步声散成了一片,消失了。

脑内传来"卜咯咯"的水声,青冶死命抓着那声音上浮,再次睁开眼睛时,已从池底贴近了水面。青冶挣着肩膀将脖子扭出水面,带着腥味的空气猛地冲入肺部,青冶剧烈地咳嗽,干呕抽搐着爬上了岸。

男人将一桶污水浇在青冶的脑袋上,重新坐回了前面的折凳。

"就知道你小子死不了,"男人说,"你可得好好感谢我控制了车速哦。"

痛感与知觉同时恢复,青冶翻过身子,仰面朝天大口呼气。视线的中央一只菱形日光灯发出昆虫般的吱叫。

视野右下出现了一个长发男人。"瞧瞧我是谁?"

只觉可恶,青冶茫然地瞪着他。

"嘿嘿,认不出了?"长发男人将手伸到脑后,扯着头发猛地摘下自己的脑袋,随即从肩膀上又长出了另一颗。

妖怪?过了好一会儿才意识到那是假发。

日光灯照出了男人的侧脸,青冶认出来,是便利店的夹克男——怒气打通了经脉,青冶翻过身子。

"混……蛋,"青冶咬牙爬起,"我可……正愁……找不到你呢。"

"哇哈。"男人突然一记鞭腿踢在青冶的面颊,青冶被踢得翻了个面,再次趴在水中。

"让你嘴硬。"

"嘿,可别死噢,"男人说,"这会儿玩完可就死不瞑目了。"

青冶的太阳穴贴着水泥地。颅内的痛感一丝一毫地向地面转移，好一会儿才恢复思考能力。

——刚才就是这家伙带头砸门。

男人坐回折凳，跷起二郎腿。

"你是——陆凡的粉丝。"青冶再次爬起。

"哇哈哈哈，粉丝，"男人大笑，"当然，我可是凡凡的头号粉丝。"

"你是充场粉丝。"青冶说。

"嘿，"男人说，"可别把我和你们这些低端零工狗相提并论，我今天的收入，可是你的几百倍。"

青冶保持沉默，环顾四周。

视力渐渐恢复，房间比刚才感觉得要小。

空气中飘着霉味和清洗剂味。左边靠墙竖着一只灭火器，一根发灰的拖把，木柄已经断了，半截丢在地上。灭火器后面是一叠纸板，纸板旁有一袋狗粮，袋子上的黑狗向青冶瞪着眼睛。

左边靠墙支着两片弹簧床架，一张竖放的电脑台，几根鱼竿，两辆自行车。

"嘿嘿，就告诉你好了，"男人说，"这儿是演艺厅的 B2，而我，才是凡凡真正的——保安。"

青冶保持沉默。

"载重卡车安装着特别的喇叭，按下就是 90 分贝，火车的汽笛最低 109 分贝。

"鸣锣开道，回避肃静，道理都一样，仔细想想，我们保护的不是凡凡，而是你们这些命如草芥的真正凡人。

"大爷我本来想保护你，你却自己往上撞。现在感觉怎样？"

青冶不说话。

"凡凡的人生和你们这些臭虫本该毫无交集,光是吃他掉下的脚皮就够你享用一生。"男人抽出一支烟。

"呵呵,好吃么?"青冶说,"脚皮什么味儿?"

"哧——"男人从鼻腔里喷了一口气,开始活动粗壮的脖子。

"死到临头还嘴硬,难怪对你下了封杀令。"男人抹了抹嘴,又抹了抹脖子,"封,杀,懂了吧。"

"警察已经把这个场馆封杀了,"青冶说,"所以你也出不去。"

"哈哈哈,"男人大笑,"你就做梦找警察吧。"

"耐迪公司会报警,领队也会报警。"青冶说。

"啧啧,耐迪公司不嫌事多,发布会直播到一半报警清场?"男人说,"至于那个饭桶,敢为了你一个小保安得罪凡凡?"

青冶愣了一下,饭桶是说……范领队?

"哈哈,瞧你那傻样,真不知道怎么活到了今天。"

男人站起身,张开手,仿佛是在做 TED。

"推博粉 1 分钱,微讯粉 1 毛钱,天宝粉 1 块钱,豆评网能给电影打分的粉 10 块钱,现场坐着的粉 100 块,举灯牌的粉 200 块,鼓掌口号引导员 500 块,而我们这些最最狂热的粉——嘿嘿,"男人说,"那可都是无价之宝。"

"偶像到底价值多少,企业也好,媒体也好,就连偶像本身也不知道。还好有粉丝这种度量单位。粉丝的狂热度,在企业眼中就是产品的销售热度,在媒体眼中就是事件的曝光热度,在其他粉丝眼中,是自己选择的正确度。

"像不像排队?前头排的人越多,排队买的东西就越有价值,是否当真如此，人们不懂也不在乎。就算是用过期面粉做成了天价面包，新都的无脑儿们也照吃不误，哈哈哈。"

青冶摇摇晃晃地站起，男人不以为意，绕着青冶缓缓踱步。

"换句话说，你小子今天也是大爷我养活的。

"要是没有我们这些狂热粉，饭桶哪能给你这份保安的活？

"这次我们砸了场，下回保安员的数量就要增加，单价也要提高。粉丝越多，保安越多，身价越高——良性循环。"

"内场也是你们的人。"青冶这才反应过来，冲场、退场，挥牌，声援，那些热情竟然都是演出的一部分。

"哈哈，"男人拍了拍手，"演艺厅呐演艺厅，演艺厅里什么不是演戏？你以为客户不知道？这次需要的粉丝太多，一半还是耐迪公司帮忙用大巴送来的呢。"

青冶无语。

"在这个社会，谎言已不仅仅属于道德问题，而是社会的支柱。"男人眨了眨眼，"名人名言哦。"

青冶梗起脖子。

"行，"男人哂然，"就让你死个明白。"

"凡凡到了后台，就让经纪人去告诉活动方，内场保安不够不上台。耐迪公司急忙把用得上的人手都调进内场，你小子不知不觉这就上了套。

"只等凡凡登台，一句'打我粉丝'你就百口莫辩，臭名远扬。内场粉丝马上闹，外场收到消息就喊'打凡凡了'，带人往里冲。

"里边是凡凡保护粉丝，外边是粉丝保护凡凡，是不是感动了我的国？

"至于饭桶,开唱前我就和他打了电话。"

"他说那小子性格刚烈,肯定不愿意连累旁人,一会儿会自个儿往外冲。出了门任由我们处置,他啥都不知不问,挂了电话我就转了他一千。"

"信了没?"男人观察着青冶的表情,"场馆有四条消防通道,两条VIP通道,车库房顶都有出口,要是真想帮你,哪条不能走?"

"凡凡护粉感人身价狂涨,媒体有了报道热度,企业新品白赚一波曝光,我多拿一笔工资,"男人摊开手,"WIN-WIN-WIN-WIN,倒霉的就是你一个人。"

"为了大伙儿你就赶紧牺牲了吧,这就叫那啥——"男人诡异地一笑,"嘿嘿,One for All?"

青冶惊讶地转头,男人的手中举着自己的手机,屏幕中打开着14ALL的主界面。

青冶压住冲动,男人已经放好了后手拳。

"嘿嘿,告诉我这是啥就让你走,"男人说,"放心,我可是个讲信誉的生意人。"

"为什么想知道这个?"青冶问。

"刚才试过了,充了一百话费。这个APP可以兑换现实中的财富,"男人说,"也就是说它有影响现实的力量。"

"还有呢?"青冶看着男人,感觉这家伙隐藏了许多事情。

停了一会儿,男人眯起眼睛:"文具架。"

青冶盯着他。

"文具架变了,"男人说,"我第一次进便利店时,亚克力文具架是空的,第二次进来时,文具架已经填满了。"

青冶惊讶于他的观察力。

"那个时段只有你和那女的两个人在店里,所以不是你就是她填了文具架。"

"文具架怎么了?"青冶问。

"呵——"男人抬起眼睛观察青冶,青冶直视回去。

"在那之后第三天,我的一个朋友——你就理解成一个重要合伙人吧,去了那家便利店,被你或是那女的布置的文具架上的一把剪刀刺死了。"

"这家伙一死,我的人生大计,至少要延迟三年,不,五年才能实现。"男人叹息着,"五年啊,一个男人的青春。"

"是谁刺死了他?店长?"

"还不明白?是文具架上那把剪刀,刺死了他。"男人说。

"那就是自杀。"青冶说。

"不可能。"

"那就是事故。"青冶说。

"呵呵,确实是个事故。想要杀这家伙的人多得是,所以我也进行了好久的调查,但怎么查都只是事故。"

"不过,直觉告诉我,这事儿可不简单。"男人用食指顶着自己脑袋打圈,"总有一个声音,在这里反复问我同一个问题,不停地问,不停地问。"

男人抬起眼:"你和那女的,为什么偏要在大半夜去弄那个架子?"

青冶保持沉默。

"行,就让我换个问题。回答'是'或'否'就行,答完马上让你走。"

"让你和那女的去整理文具架的,是这玩意儿吗?"男人举起手机。

青冶久久地看着地面。

"我的朋友不叫'那女的'。"青冶压低声音,"她的名字是喵娜。"

"哦哦。"

"喵娜在哪儿?"青冶说,"为什么不去问她?"

"哈哈。"男人向青冶竖起大拇指,又横着一拉。

"呜呼,好家伙。"男人小心翼翼看了一眼屏幕,将青冶的手机塞回自己的口袋。

"看来,"男人摊开手,"咱俩都不用回答对方的问题了。"

"喵娜在哪儿!"青冶向男人扑去,男人侧身闪开,青冶的直拳击中了对方的左肩。

男人无所谓挨这一下,后撤半步,手中不知什么时候变出半截木棍,一棍敲在青冶的脑门。

青冶的脑袋立即绽开,头破血流,扑倒在地。

男人将木棍"咚"地丢在一旁。

青冶挣扎着想要爬起,男人踏上半步,对着青冶的肚子狠命一脚,鞋头深深扎入体内将他踢到空中。

体腔内的空气迫出喉咙发出"咕哇"一声怪叫,仿佛被过山车猛撞一下又从高处抛落,青冶心头一空,浑身一下没了力气。肚子里像有无数双手在撕扯,顿时两眼模糊,浑身颤抖。

青冶"咕哇,咕哇"干呕了几声,把心肝都吐在了地下,再看却没有实物,只是一大口鲜血。剧痛从肚子游移到胸口、手脚、脊背、脑袋,全身无处不痛,感觉自己就要断气。

男人扯住青冶的脑袋"砰"地砸在水泥地上,脑壳发出西瓜裂开的脆响,又拉起来当胸一拳,心肝脾肺齐声呐喊,青冶哇地喷了一大口血,趴在地上不动了。

只觉身体陷进了柔软的水泥地里,视线愈加昏暗。

"放心,"男人踏住青冶抽动的小腿,"这就送你去见那女的。"

"你手机里的宝贝,本公司一定物尽其用,"男人说,"那个啥十四APP,财富宝,支付通,连你剩下的那点儿话费咱也不浪费。爸爸妈妈,爷爷奶奶,朋友同学,有没有谁发个善心给你掏点儿丧葬费?不过看你这脾气,"男人蹲下扯起青冶的头发,"不会是个孤儿吧?"

"人……渣……"

"呵,弱肉强食,物竞天择。进化论不正是人类普遍认可的科学信仰?"男人说,"成功从来都不是对道德的奖励,而是道德缺失的成果,哈哈哈哈哈。"

"畜……生……"

"呵,"男人说,"怪就怪你不明白自个儿是谁,像你这样的——"

青冶翕动着嘴唇,发出声音。

"哈?"男人凑近了一点,"你是啥?"

"我……是……"

男人凑近去听,"嗯?"

"……one……"

渺小的one,沧海一粟,宇宙微尘。

即便如此,我也拥有自己的形体,自己的颜色。我那残存的意志,也是我自己的意志,那残存的生命,也要由我自己选择使用的方式。

那就是——

for……all……

青冶将有生之力凝结在肩膀,我要为了人类……

杀了你!

"咚!"青冶用尽力气从地面弹起,额头狠狠撞进男人的面门,眼冒金星一阵痛快。

"哇嗷——"男人被撞得向后翻倒,蹦起来狂喝一声:

"死!"

青冶再无力气,向后倒去。

只听稀里哗啦,呜呜呀呀,嘈嘈乱响,青冶眼前一黑,听天由命。

许久没有声音。

我还活着吗?青冶缓缓睁开眼睛。

男人倒在脚后,纹丝不动。

两爿铁床架斜斜地倒在男人身侧。

不可能,以他的体格不可能被这玩意儿砸死。

青冶挣扎着坐起身,揉了眼睛去看。

几根断鱼竿像挑花棒似的乱插在铁架上。

夹克男颜面青紫,眼球爆裂,七窍流血——他的脖子上死死地缠进了一捆鱼线。

青冶拿回了自己的手机。

打开微讯,范领队没有发来任何消息。

手机在掌中打战,青冶压住疼痛缓缓蹲下,将男人变形的五官拍下发给领队,附言是:"我的工资?"

对方秒回,瞬间转给青冶1200元。

青冶回了个瞪眼微笑的表情符,发现对方已将自己从好友列表删除。青冶哈哈大笑,将口中余血吐在地上。

扶着曲折的通道回到地面,近郊的午夜空无一人。

青冶摇晃着肩膀往前走,夜风掀动他散乱的刘海。

青冶无意识地仰起头。织女星正在中天,"铮"地落下一声琴音,下方的天鹅座张开巨翅,冲上依稀可辨的银河。

青冶的脑中依然模糊,只感觉自己在银河边漫步。

那家伙,是我杀的吗?警察会不会找到自己?那儿应该没有摄像头,但满地脚印,自己的DNA也无处不在。

今后,到底该如何是好?

"滴——滴——滴——"手机跳了三下。

青冶习惯性地掏出手机,点击任务简介。视线滑过任务奖励一栏时,青冶停住了脚步。

"个——十——百——千——"

任务的奖励是——

青冶哈哈大笑,确信自己的脑子被打坏了。

"……一亿元?"

11
守木

魔法阵必须投入些什么才能发动

"数学是科学界永远的女神,"穿着白色三件套西服的男人露出微笑,抬起左手按在胸口,"而我们这些研究者,就是追随女神的骑士。"

守木看不出男人确切的年龄,只能估测在四十岁到六十岁之间,一头完美的银发简直不像自然形成。

数学系在校园的东北角,远离樱林,这会儿十分安静。

"嘿,刚才就用这招替几个数学社招了不少新社员呢。"男人兴致满满,"感觉怎样?"

"呃,"守木不知如何回答,选择性跳过这个问题,"原来在数学系以外,还有专门研究数学的社团呢。"

"当然,光在新大就有六……不,七个数学社团!橡皮几何协会,LA之家协会,哈哈哈代社,imaths,这里的 i 代表旋转……"男人掰着指头。

一共七个社团需要掰手指?守木皱了一下眉头,这家伙真是数学教授?

男人数着数着,发现凌林正盯着白板。

白板上画着一个不规则六边形,六边形中有一个内切圆。"啊,那是——"

"Brianchon 定理。"凌林说。

"嗯嗯。"男人高兴地走到白板跟前,将六边形的三条对角线用虚线相连。

"有内切圆的六边形,三条主对角线一定相交于一点。"凌林说。

"正确。"男人饶有兴趣地望着两人,"两位是……"

守木这才发觉还未做自我介绍。

"我是守木,筱美的同事。"

"哇,好亲切的名字,"男人转向凌林,"这位是……"

"我的合作伙伴,"守木看看凌林的绿色燕尾服,"也是新大次元魔术社的顾问,在路上碰到就跟来了。"

"对,我就是次元的魔术师,凌林。"

"欢迎欢迎,"男人大笑,"那我就是女神的骑士,中原。"

"我擅长魔法输出。"

"我擅长盾牌反击。"

"中原教授,"听不下去了,守木制止了两人的对话,"这次来是想向您请教一些数学问题。"

"怎样的数学问题?"

"想了解一下概率。"

"概率论呐,好东西。"中原思索了一下,"那从哪儿开始了解呢?"

"能从头讲起最好。"守木说,"把我们当成刚入学的新生就行。"

"OK。"中原示意两人坐下,自己走到白板面前。

"概率论——是研究随机现象数量规律的数学分支。要谈随机现象,我们先要知道与其相对的决定性现象。

"在一定条件下必然发生某一结果的现象称为决定性现象。比如'在一个标准大气压下,纯水加热到100℃时会沸腾',这就是最日常的一个决定性现象。

"随机现象则是指在基本条件不变的情况下进行试验,每次结果却未必相同,呈现出偶然性。

"随机现象的结果至少有2个,至于出现哪一个,事先并不知道。掷一次硬币,会出现正面或反面,骰子的话是6面,轮盘36个数字,扑克牌则是54张。"

中原说着掏出一枚硬币,叮地抛起后按在手背。

守木猛然回想起凌林的硬币魔术,一时有些担心它也会消失。

中原翻开手背,硬币还在,图案是国徽。"看,正面。"

中原又抛了一次。"看,正面。"

中原再次抛掷硬币。

"哟,又是正面。"中原将硬币托到两人的面前。

"那么问题来了。"中原说,"下一抛出现反面的概率是多少?"

守木开始心算。

"等等,"中原一笑,"三次太少。我们来问问,抛一亿次硬币都是正面,下一次出现反面的概率是多少?"

守木一时无语。

"那要看是贝叶斯学派还是频率学派。"凌林说。

"哦?"中原转头去看凌林,"说说看。"

"对于频率学派来说,任何事物都蕴藏着某种终极性的'本质'。一枚硬币,不计立起的状态,每抛一次,正反面的概率都是50%。50%这个答案就是每抛一次硬币的本质,也是世间每一枚硬币的本质,这就是所谓的'世界本体'。"

"哦。"中原点头。

"而贝叶斯学派则不探讨这样的本体。他们从'观察者'这一角度出发,构造了一套在贝叶斯概率论的框架下对不确定事物做出推断的方法。他们认为先验分布可以是主观的,它没有也不需要有频率解释。

"作为本质的观念是完备的,而观察者的认识不完备,因此只能采用似真推断,得出一个拥有某种合理性的结果。

"本质是客观的,现象是主观的;本质是绝对的,现象是相对的;本质属于理想,现象属于现实;所以也有人说贝叶斯学派追求的是人的答案,而频率学派追求的则是神的答案。"

"哇,说得好。"中原连连点头,走到窗前。

"假设我们站在窗口观察经过的同学,十个里差不多有几个是女生?"中原问。

"五个?"守木回答。

"哈哈,实际上我校的男女比例——不说也罢。"中原苦笑叹气,"请按照这个思路继续听题。"

"如果连续经过十个都是女生,是怎么回事?"中原问。

"拉拉队下课。"凌林说。

"如果连续经过一百个都是女生,是怎么回事?"中原问。

"女权主义者在游行。"凌林说。

"不错。那么如果窗前连续经过一万个都是女生,是怎么回事?"中原说。

"那说明这是一座女校。"守木说。

"哈哈,太棒了。"中原大笑。

"让我们再来看看散兵坑原理。"中原说,"二战中的老兵们认为,散兵坑是非常安全的,因为炮弹不太可能再次落进同一个弹坑内,前次炸出的弹坑往往成为老兵们的最佳躲藏之地。"

"如今,我们来到了和平年代。这条原理是否依然适用?"

"举个例子。二位来到机场,却眼看前一架升空的飞机突然掉下。下一架要起飞的就是你们的航班,你们会登机出发吗?"

爆炸的飞机不知在哪儿触动了守木,心中直觉可怕。

"我不坐。"守木如是回答。

"哦?为什么?"中原笑,"要知道,现代民用航空器的事故率约为三百万分之一,掉下一架飞机后再接着掉下一架飞机的概率可就是三百万分之一乘以三百万分之一。不该更确信其安全吗?"

"我也不坐。"凌林说。

"为什么?"中原问。

"理想的数学模型无法应对复杂的现实问题。"凌林说。

"哦?"

"第一架飞机坠落,三百万分之一的小概率事件发生。恰恰说明周围或许存在着某种能将这种小概率大幅提升的干涉。或许是鸟群,或许是电磁波,或许是丧尸病毒,或许是其他完全超出了人类认知的事物。在尚未弄清排除这一干涉前,第二架飞机坠落的概率也是极高的。"

"哇。"中原转向守木,"你这位魔术师朋友的思路真是清晰。"

"正是这样。"中原说,"一万个女生经过窗口说明这儿是女校,抛一亿次硬币都是正面,说明这枚硬币不一般。"

"小概率事件的发生,常常意味着出现了大问题。"中原放下笔,将双手插进裤袋,"筱美通常不会与我联系,这次让你们过来,也是一个小概率事件哦。"

中原换上认真的眼神,"那么,真正的大问题,是什么呢?"

守木思考着如何开口。

凌林将一份资料放在桌面。

守木看厚度应该和给自己的那份一样。

平时就随身带着这种东西?就这样直接全部拿出来好吗?

"她来自警视厅,我来自安保公司。"凌林说,"不过您看到的这玩意儿,只代表咱们自己的想法。"

中原在办公桌前坐下,戴上眼镜,抽出报告。

守木观察着他的表情。

中原一言不发,一页页地向下翻,神情愈加严峻。

守木和凌林交换了一个眼神,默默等待。

翻完最后一页,中原叹了口气,将脸转向窗外。"这可真是——"一恍之间已是傍晚,橙色的光线淌入室内。

"简直就像魔法。"中原转过脸。

"中原教授,"守木说,"您怎么看?"

"这份报告能留给我吗?"中原看着守木。

守木转头去看凌林。

"当然没问题。"凌林轻快地说,"这玩意儿咱俩都看得背下来了。"

"我想仔细研究一下，再给你们回答。"中原说，"这可不是一下子就能得出结论的问题。两天差不多？"

"没问题。"守木说。

读完报告的中原显得有些凝重，和一开始说"女神骑士"时判若两人。

是时候告别了。

"那，我们就先走了。"守木站起身，"等您的通知。"

"好的。"中原将两人送到了走廊。

"古代的人类，使用着一种叫做目的论的思维方式。"

守木转过头，撞上了中原深邃的目光。

"柏拉图和亚里斯多德认为，火焰之所以往上蹿，是因为它们要回归天空，石头之所以往下落，是因为它们要接近大地。

"人们将自然看作拥有某种意义的秩序，要理解自然和我们在其中的位置，就要抓住它的意图和本质性的意义。

"高深的科学看起来与魔法无异，换句话说，魔法只是变换了形式的科学。"

守木盯着中原被夕照覆盖的侧脸，那双眼睛正急切地把某个不可言说之物塞进自己的脑中。

"然而科学反应也好，魔法阵也好，都需要投入些什么才能发动，那被投入之物，某种程度上来说就是这个'术式'的本质。"中原说完，转身走进办公室，关上了门，将两人留在昏暗寂静的走道里。

守木和凌林走出教学楼，回到学校中间的广场。

"好像说了些神奇的话嘛，"凌林说，"连我这个魔术师都不太能理解了。"

"嗯。"守木想着中原的话,有些心不在焉。

"之后你去哪儿?"凌林问。

"回单位。"守木说。

"嗯,我回魔术社,"凌林说,"怎样,一起去参加迎新聚餐?"

"不了,回去还有工作。"守木的脑中许多东西在翻滚。

"OK,"凌林说,"那咱们就此告别。"

——脑内的某处受到了冲击,却找不到是哪儿。守木一边走向地铁一边思索。

直到踏进地铁也没找到答案。

车厢突然摇晃,守木踉跄了一下,扑在前方一个年轻男性的背上。

"对不起。"守木连忙道歉。

"没事吧。"男性转过头,"哎?"

守木也认出了对方,是魔术社那对男生。

守木问:"你俩不去参加迎新聚餐吗?"

"迎新聚餐?"两人一脸茫然。

中原关上窗,将前后门全部锁死。看了看手表,脱下外套坐在桌前,拿出手机插上电脑。

进度条走过一大半时,身后传来"嗒"的轻响。

中原转过身。

凌林坐在办公桌上,看中原转身微微一笑。

"哟。"中原说,"是忘了什么东西吗?"

"怎么不问问我是怎么进来的?"凌林歪过头。

"呵呵,没必要,"中原转正椅背,"你不是魔术师么?"

"正是这样,然后——"凌林说,"你是骑士。"

中原保持沉默。室内没有开灯,夕阳已经落到了地平线之下,笔记本光洁的键盘上映出黯淡的天光。

"走得太着急,差点忘了一个最重要的问题。"凌林说。

"请问。"

"到底会是谁呢?"凌林笑,"——傲慢。"

空间陷入静止,只有进度条保持着原有的速度向前。

中原什么也没说。

"啊,原来如此,这真是,真是——"凌林猛地拍手,"哇哈,你自己早就说出来了嘛。"

"你是社团的数学顾问。"

凌林竖起两指,激动地摩擦眼镜腿。

"社团。我是说——嘻嘻,我可是说——社团,……社团哟。"

凌林用不同的音调说了七八遍"社团"。

"原谅我,太激动了。失敬失敬。竟然就是你!"

"这可是我第一次接触到社团的人呢。"凌林说,"活的。"

"怎么发现的?"中原问。

"直觉?"凌林歪过头。

"直觉只有两种,"中原说,"警察的直觉和小偷的直觉。你是哪种?"

"呜呼,时代不同了哦,"凌林说,"现在这世界上,还有第三种直觉。"

"那是……"中原问。

"infoition?"①

"无聊。"中原说。

"好伤心,"凌林说,"无聊可是对魔术师最大的差评呢!"

"身为魔术师想要弄清楚的,只是魔术的手法而已。给点 info 怎样?Knight。"凌林又说,"把你那个魔术箱,给我看一眼也好嘛。"

"是 DW 派你来的?"中原问。

"嘿,这么说多没劲儿。"凌林捧着胸口,"这可是我个人对你们这项世纪魔术的敬仰。"

"你一直在利用警视厅的那个女孩。"中原说。

"哎嘿,说到利用,你不也一样?"凌林说,"不光用坠机举例,还泄露了了不起的情报呢。"

"不过那家伙也听不懂就是了。"凌林从手中变出一朵玫瑰。

"呵呵,"中原说,"那孩子比你认为的聪明得多,也比你聪明得多。"

"好吧。"凌林优雅地将玫瑰握在手心,"万一真被你说中了,到时候——"

"啪。"凌林张开五指,玫瑰从这个世界消失了。

"你还想知道那个问题的答案吗?"中原问。

"傲慢?"凌林说。

"答案就是——"中原说,"你。"

"哈哈哈。"凌林捧住胸口,"我可是怕得要死呢。"

---

① 凌林将 information 与 intuition 组合的自造词,大意为信息直觉。

凌林跳下桌子,从西装口袋里掏出一把微型手枪,旋上消音器。中原坐在扶手椅里看着他的一举一动。

"完成。"说话的同时,凌林在一瞬间举枪对准中原,食指将扳机猛扣到底。

——枪没有响,哑弹。

凌林丢下枪,抽出一把匕首,掷向中原的胸口。

匕首出手的瞬间,置物架上的一个毛绒熊玩具忽然倾倒,掉下来时正好落在匕首的飞行路径上。

匕首笔直地插进毛绒熊的肚子,和毛绒熊一块儿弹进了中原的怀里。中原摸摸毛绒熊的脑袋,将它轻轻放在桌面。

"哇,这就是——"凌林举起双手,"冈格尼尔。"

中原脸色微变。竟然已经了解到这个地步。

"我投降。"凌林放下手。

"DW从不认为你就是引路人,一百个问题人物的名单里你也只排在第四十六位,"凌林说,"但现在看来,你确实就是它在人间的代理人呢。"

"毕竟是社团的数学顾问嘛。"

中原默默不语。

"这么一来,DW就算全军覆没也要来找你,光是听听都觉得麻烦吧?不如把它让给我怎样?"凌林笑。

"既然知道这个名字,"中原说,"就该明白代理人并非由我决定。"

"就没有什么积分系统、推荐机制?"

凌林捕捉到中原的眼神。

"嘿,这种强力光环,到底有多大范围呢。只保护代理人本人,还是全家、全校?"凌林吐了吐舌头,"真是有点儿好奇。"

"三十分钟。"中原说。

"嗯?"

"你的人生,还剩下三十分钟。"中原说,"好好利用吧。"

"哇,这就轮到我了?事故死?"凌林作出痛苦的表情,"傲慢?"

"要我说,像你们这样动不动就要求本质的人才叫傲慢,"凌林说,"而我,不过是想要得到一些答案而已。"

"哎,三十分钟就要死,"凌林摊开手,"这不就和哈代的黎曼猜想一样么?"

"呵呵,正是这样。如果你死了,这个世界的事儿就与你无关了;如果你没死,那么你追求之物也将失去意义。"中原说,"总之,三十分钟后一切都将结束。"

"啧啧啧。"凌林一边说着,一边后退。

"我只是想要成为它忠实的奴仆,"凌林说,"说不定,看在我这颗虔诚之心的分上,神也会宽恕我的罪呢。"

凌林隐入了黑暗。

中原听见后门滑开的声音,随即一切归于寂静。

……那张脸。

中原回想着凌林的五官,不祥的预感罩上心头。

守木赶回中原的办公室时,室内空无一人。

办公桌中央放着一只毛绒熊,笑呵呵的毛绒熊怀里捧着什么东西。

　　守木走上前,那是一把插入腹中的匕首。

　　毛绒熊下方压着一张便笺。

　　守木抽出了它。

　　"6、4、1?"

12
青冶

咚咚咚！咚咚咚！
咚咚咚咚咚咚咚！

连日高温之后,昨晚的一场骤雨将气温压回了25摄氏度。

被雨洗过的天空蓝得发亮,映衬着城堡高耸的尖顶和马鞍形猎人工会告示板:"Level:S,Wanted:10,000,000。"

一个金马尾少年正经过告示板沿着美味市集大街往前走。他在甜蜜糖果屋前停下脚步,向着橱窗转过头。

缤纷的糖果之间倒映出了一个陌生的人影。

上身穿着湖蓝色的短褂、浅绿色符文护臂、棕色手套,下身穿着马裤与棕色长靴。少年的左手持着小圆盾,右手边挂着剑袋,长弓在肩膀后面斜着露出一角。

"哟,"一个看上去丧丧的马人走出店外,"林克!"

"嗨。"少年一时没有想起他的名字。

"你的绿帽兜呢?哈哈。"马人逗笑了自己,"Good luck!"摆摆手走了。

少年叹了口气,从入园到现在,他已经习惯这个名字和笑话。

到了这儿,应该不会再有人拉着自己拍照了吧。

少年将盾、剑、弓全部背向背后,拿出手机看看电子地图。自己距离目的地还有好远。

去年夏天开业的新都老鼠乐园是"全国最大,世界第二"的梦幻主题乐园。

乐园占地29平方公里,分为七大主题园区:奇鼠大街,巨人花园,冒险岛,金银湾,玩偶总动园,未来世界,梦世界。七大主题园区中分布着精彩绝伦的游乐项目,吸引着全国乃至全球游客。截至四月,入园游客总数已经突破了九百万。

依据惯例,每个老鼠乐园的第一千万名游客将成为"The Lucky Mouse",享受一大波福利:终生免费入园,庆典特别观礼位,乐园酒店豪华套房,全球老鼠乐园VIP服务……

各大媒体预测,第一千万名游客就将在本周末诞生。活动盛大,安全第一,连警视厅都派出了警力支持。

今天的乐园人声鼎沸,虽然庆典期间票价提高了一倍,还是挡不住大家的热情。在"千万惊喜"和"周年庆典"之外,乐园还开启了盛大的"次元觉醒"主题活动。

这个周末凡身穿ACG类人物服装入园的游客,都能获赠价值六百元的FP券,可以走快速通道优先游玩各大项目,一时间园内群魔乱舞,自带角色的游客几乎占了总人数的一半。

青冶也领到了一个表盘大小的电子票,外观看来和普通游客的电子票一样,但额外存有6个FP券信息,刷卡就可以使用快速通道。

青冶打开手机,再次去看任务奖励:一亿元。

身旁走过一个"劳拉",青冶想起一个游戏制作人的访谈。

一切游戏的主角,都拥有同一项必备天赋。

用刀刺,拿枪打,中剧毒,怪兽撕咬,巨石砸顶,摔落悬崖……不管受了多重的伤,吃几个水果,甚至猫在掩体后头喘上几口就能恢复生命,这就是神乎其技的自愈能力。

光谈这点,青冶感觉自己已经够当主角了。起初以为自己熬不过那晚,结果第二天就恢复了五六成,第三天就能自行出门活动了。青冶试着小跑,连续做了几次深呼吸,身体一切正常。

"——远道而来的朋友们。"

"——远道而来的你们好。"

"说出来吓你们一跳,咱俩都不是地球人。"

"废话,地球人哪有长着青蛙脑袋的。"

"哈哈哈哈哈哈!"人群发出哄笑。

青冶转过头,身旁的小舞台上站着一蓝一绿两个戴青蛙脑袋的外星人,招呼着路旁的观众。

"我叫买买买,来自蓝星。"

"我叫 Buybuybuy,来自绿星。"

青冶看看路牌,自己经过了糖果乐园,这会儿来到了传奇剧院街区。这个街区有大大小小十几处舞台。不仅有老鼠乐园自己的演出,也向学校社会的表演团体开放,许多社团都将这里作为自己出道的第一站。

"我是蓝星贸易局局长,欢迎您来蓝星投资。"

"我是绿星贸易局局长,欢迎您来绿星投资。"

蓝蛙绿蛙凭滑稽的造型和开场，转眼就聚起了一簇观众。

舞台前有个路霸造型的游客，两只青蛙一眼就看中了他："哟，这位老板一看就是有钱人。"

"请您一定来我们蓝星投资，我们接受那美克星货币支付。"

"请您一定来我们绿星投资，那美克星货币又叫美元。"

台下一阵哄笑。虽说只是相声表演，脑袋上也戴着玩偶头套，两只青蛙却用肢体惟妙惟肖地展现出了那种滑稽的贪婪。

"哎？"蓝蛙绿蛙这会儿才注意到对方。

"又和我抢客户！"

"抢客户的是你！"

"朋友们，来我们蓝星投资好。只要您有钱，在我们蓝星就没有买不到的东西。"蓝蛙转向舞台左边的观众。

"朋友们，来我们绿星投资好。只要您有钱，在我们绿星买不到的东西不存在。"绿蛙转向舞台右边的观众。

"在我们蓝星，有钱能开公交车道。"

"在我们绿星，高级跑车专用车道。"

"在我们蓝星，游乐园不用排队。"

"在我们绿星，游乐园可以包场。"

"要是您玩腻了游乐园，在我们蓝星，15万美元就可以狩猎黑犀牛。"

"嘿嘿，在我们绿星，15万美元可以狩猎绿星人。"

"如果您受了伤，我们蓝星有优先医疗。"

"要是您想顺便治个病，我们绿星有器官商场。"

"万一您惹上麻烦，在我们蓝星，82美元能升级牢房。"

"万一您惹上麻烦，在我们绿星，您能雇人替您坐牢。"

"若您是位女性担心身材走样，在我们蓝星，6000美元能找人为您代孕。"

"在我们绿星，高品质精子卵子给钱就卖。"

"孩子要上学，交笔赞助费，就能进蓝星顶级国际小学。"

"只要您掏钱，绿星顶级国际小学都能冠上您家宝宝的名字。"

"在蓝星，18美元能买1吨碳排放。"

"在绿星，18美元能排1吨重金属。"

蓝蛙感觉被比下去了，气得直跺脚："您给钱，核废料丢我们蓝星！"

绿蛙微微一笑："您给钱，核试验丢我们绿星。"

"反正，这会儿我在地球嘛。"

台下哄堂大笑。

"呃——"路霸说，"但我不是富翁啊。"

"那您也该来我们蓝星，"蓝蛙说，"蓝星赚钱路子多。"

"那您更该来我们绿星，"绿蛙说，"绿星赚钱路子活。"

"瞧您这肚皮，多适合涂鸦，"蓝蛙说，"至少能画777美元的商业广告。"

"瞧你这身板，多适合试药，"绿蛙说，"我马上为您联系绿星减肥药公司。"

"要是您觉得钱还不够，我为您在蓝星找家公司，"蓝蛙说，"每天1000美元，雇您到索马里星打仗。"

"那可有生命危险，不如我为您在绿星找家公司，"绿蛙说，"2000美元，马上买下您的选举权。"

"蓝星好!"

"绿星好!"

两只青蛙在台上大打出手,绿蛙把蓝蛙扑倒在地,按在台上猛揍,"揍你一拳给一元。"

"不行不行,起码两元。"

"打噢!打噢!"周围的观众一齐哄笑,拍掌欢呼起来。一个戴礼帽的高个儿死命挤到青冶前面,挡了一大片视野,青冶身旁的瘦子为了看清舞台,竭力伸长了脖子,不禁连嘴巴都大大张开了。

像一条死鲈鱼。

青冶的胸口一痛闷得难受,侧身挤出人群,撑住膝盖大口喘气。那痛感不强,却在很深的地方,感觉一辈子都无法拔除了。

"咚咚咚!咚咚咚!咚咚咚咚咚咚咚!"

——高亢脆亮的鼓声冲入耳膜,穿云裂石的笛声随之响起。

熟悉的曲调让青冶心头一热,胸口的痛感霎时散了八分,双腿不由自主迈开,向那声音跑去。

走近细听,鼓声笛声稍显稚嫩,不及自己记忆中的水平,青冶还是急急地往里赶。这出戏小时候不知看了多少回,但离开长洲后就没再看过,这会儿竟在老鼠乐园剧场街碰见,真是让人怀念。

还没挤进舞台,演员已经开始了唱段,果真是个儿童剧团,稚气未脱的念白一字一句落进青冶耳中:

欧冶亲传铸剑方,

莫耶金水配柔刚。

炼成便会知人意，

万里诛妖一电光。

"好！——"台下的观众齐声喝彩。

小演员目光如炬，英气凛然，一亮相就博得满堂彩。

唱得好！青冶心中赞叹，自己小学时也排练过这出戏，但水平就完全没法比了。

这出戏改编自一个妇孺皆知的长洲民间传说。

传说很久很久以前，天下有一位贤主，他勤政爱民，励精图治，开创了一代太平盛世，因此被大家尊称为王。

长洲有一位工匠叫将，世代冶铁铸剑。家传一件宝物，乃是上古时代的天降陨铁。王听说了这件事，就派人来到长洲，请将为自己打造一柄宝剑，许以千金万户。

其他工匠都为将高兴，将却显得闷闷不乐。

将为王铸剑，三年而成，剑身通体鲜红，名为"赤霄"，剑成之时，天地变色。

王很高兴，取得赤霄后就立即杀了将。神铁神匠既殁，天下就再没有可以和自己匹敌的神剑了。取得神剑的王日益狂傲，酒池肉林，苛政繁出，横征暴敛，以致生灵涂炭，民不聊生。天下勇士奋起反抗，但都无法抵挡赤霄的神威。

将有一个儿子，叫做尺，在襁褓中就被送出了长洲。尺长到14岁时做了一个梦。梦中走出一个男人，自称是尺的父亲。将告诉尺，自己为王铸成赤霄，以至生灵涂炭，即使成了鬼魂也难以安息。将对尺说，暴君无道，汝当伐而诛之。

尺回答说，王有神剑天下无敌，我如何才能诛灭暴君？

将告诉尺，自己在铸剑时就料到了今天。铸成的神剑并非一把，而是一对，另一把"剑名青冥，藏于南山，松生石上，剑在其中"。

尺来到南山，巨石见尺到来，自行裂开，尺拔出神剑，一道青光直射斗牛。

皇城中的赤霄受到感应，也激出一道红光。王就知道有人要来暗杀自己，立刻派出精锐杀手，埋伏在前往王城的必经之路。

此刻台上的小演员们正演到尺向王城进发的一段。

无论看过多少次，青冶都会为年幼的尺悬起心。

杀手们个个身怀绝技，眼看尺好几次就要丧命，却都在千钧一发中逃脱险境，最终转败为胜，尺感觉冥冥之中有人在保护着自己。

月明之夜，尺经过一片静谧的山坡，又觉身旁有人。尺终于忍不住呼唤那暗中帮助自己的勇士出来相见。

在尺的再三呼唤下，幽暗的林中走出一个又一个银色的人影。

尺惊呆了。

原来一路上帮助自己的并非人类，而是那些讨贼未成、殒命于暴君剑下的勇士们的英灵。

英灵们对尺颔首而笑，齐声唱起了古老的歌谣：

出不入兮往不反，平原忽兮路迢远。
带长剑兮挟秦弓，首身离兮心不惩。
诚既勇兮又以武，终刚强兮不可凌。

> 身既死兮神以灵，魂魄毅兮为鬼雄。

青冶和着小演员的声音轻唱，一时心潮汹涌。

尺在英灵们的帮助下终于来到了皇宫，王已在殿前等候。尺拔出青冥，与王的赤霄激斗在一起，一时晴空霹雳，天崩地陷。

青冶反复提醒自己可别又哭，小时候每次再往下看都会大哭一顿。

几十回合之后，本该与赤霄旗鼓相当的青冥渐渐落于下风。尺接连中剑，飞血四溅。此时青冥以心传音，告诉了尺其中缘故。

原来尺年幼气弱，难以驱动神器，而王杀人无数，霸气已成。若要战胜王只有一个办法。尺需将自己的魂魄铸入剑中，然而一旦铸入，尺就与青冥永世一体，从此无法再入轮回。

尺听完退后三步，提剑自刎，将自己的魂魄铸入剑中。青冥放出万道光芒，一剑将王毙于殿下。赤霄遁地而走隐没人间，青冥化为一道白光飞上天际，尺的魂魄化为剑灵，永远守护着天下苍生。

——就要到那最后关头了，青冶瞪大了眼。只见小演员提起青冥，一抹脖子，提剑向王斩去，赤霄从王的手中弹飞，王跌倒在地，眼看就要毙于剑下。

尺高高举起青冥，许久竟不劈下？

作为画外音的白衣演员出来解释：尺领悟到，如果这时杀死王，则诸侯分裂，天下大乱，百姓所受刀兵之苦更甚于今，尺不愿百姓受难，以死相谏，使王恢复了初心。

"何为贵？社稷次之，君为轻。"尺说完倒地而死，魂魄化为剑灵与青冥飞上云天。

背景板上投出一行字幕："和为贵，社稷次之，君为轻。"

王坐在地上喃喃："和为贵，社稷次之，君为轻。我已改变，从此必将奋发图强，重振盛世。"

背景板上投出一行字幕："和平最为珍贵，从此王吸取教训，改变自我，重建了盛世。"

青冶眼中的热泪瞬间蒸干，这还是同一个故事？

因为是王，就无需为自己的行为负责？因为背负着"和平"这面旗子，一切罪就都能赦免？

尺，你要如何面对英灵们、面对你爸的亡魂？

青冶气不过喝了一声倒彩，"——吁！"

一声之后青冶立即后悔。

舞台对面一个兔子朱迪警官装扮的游客立即望向自己，青冶和对方对上了眼，直觉对方认识自己。

兔子朱迪抽出步话机，一边通话一边紧盯青冶。

王能不能悔改没啥把握，但青冶很有把握那个兔子朱迪绝对是个真警察！

青冶心中焦急，今天说什么都不能被抓住。

青冶假装系鞋带往人群中蹲下身去，却一时想不出脱身的办法。

"哇，是林克，"一个小学生模样的男孩正巧站在身边，男孩摸了一下青冶背上的长弓，"哇。哇啊。"

"嘿，不错吧，就是太长了，"青冶说，"我要去坐极速光轮，这玩意儿没地方放,送给你吧。"

"真的?"小学生又惊又喜。

"当然,这可是我们的缘分,"青冶立刻摘下长弓递给小学生,"只是这里人多,你要抱在怀里举着拿,不然折断了多可惜。"

"嗯。"小学生高兴极了,把弓举在手中反复看。

紧接着下一场演出就要开始,人群又聚过来。

"拜拜。"青冶猫着腰迅速挤出了人堆,离开好一段距离从美梦坡上往下看,好几个警察拨开人群,从不同的方向朝着人堆中高高摇晃的弓弭走去。

"哈哈哈,臭兔子,还想抓我林克。"青冶大笑。

"说谁是臭兔子?"手腕突然被从身后扭住,青冶的胳膊还没好透,疼得"啊呀"一声,额头上立即冒出了冷汗。

兔子朱迪听他叫得真切,手上一松,青冶趁机挣脱,跳出护栏就往山坡下跑。回头一看,兔子朱迪刚爬出护栏,摇摇晃晃追向自己,两只耳朵在脑袋上乱颤。

"啊哈哈哈想抓我——"青冶边跑边笑,跑了一会儿却发现两人的距离竟在缩小,一时笑不出来。

从巨人花园一直追到了玩偶总动园,青冶竟然还没脱身。

没劲了没劲了,再跑一分钟就要被兔子抓住。

前方有扇玻璃门。

最后的赌博!

青冶冲向玻璃门,"啪"地把手掌按在门前,门开了,青冶闪身进门,门就贴着兔子朱迪的脑门儿合上了。

"哈……哈……哈哈,到……到底是兔……兔子,"青冶在玻璃门的另一侧弯着腰喘气,"跑跑……跑得真快。"

兔子朱迪掏出自己的电子票,在门前的读卡器上划了几下,门没开。

"啊哈……"青冶抬起手挥了挥,"这里是去,神奇迷境分裂魔宫……的 Fast Pass。等你绕到正门,我早就分裂成一百个逃走了。"

"出来,我是警察。"兔子朱迪又试了试通行卡,玻璃门还是没有反应。

"嘿嘿,小兔子,老鼠乐园没给你们发上几个 Fast Pass?"青冶直起身,"我懂了,你们警察是从安保通道入园的,本来就没准备让你们玩项目。"

兔子朱迪气得耳朵乱晃。

"哈哈瞧这兔头兔脑,"青冶说,"还真适合你。"

"出来,我有话要问你,"兔子朱迪说,"很重要的事。"

对方应该还没有把自己当成杀人犯,否则早就拔枪了。

即便如此青冶也不想和警察扯上关系。

老头儿说的,别去找警察。

"嘿嘿,非常抱歉,我还有个重要的约会,"青冶看看表,"要是那位女士走了,今晚你陪我看烟火?"

"你——"兔子朱迪一时说不出话,"烟火演出时你在哪儿?等你看完,我去找你!"

"当然是在烟火下面呗。"青冶说,"小兔子,咱们这辈子能不能再碰见,就看老天的安排了,拜拜。"

兔子朱迪不再去管青冶,把双手拢在嘴边:"谁有 Fast Pass?

谁有 Fast Pass!"

"哼，good luck。"

青冶在心中骂了一声"臭兔子"，向魔宫深处跑去。

13
守木

冰激凌要吃多少没有?

"真的没有了!"筱美嘟起了嘴,"我的可乐!"

守木看她那么沮丧的样子,忍不住笑出了声。

两人坐在员工餐厅后方窗边的长桌上面对面吃午餐。

可乐的事儿,筱美已经担心了好久,今天果然成真。

一个月前警视厅发出了《关于进一步加强警务人员食品安全促进膳食营养均衡工作的通知》,通知要求从今日起在全新都的警署内禁止提供碳酸饮料等有害食品。

果然日子一到,昨天午饭时还能免费领取的可乐消失得无影无踪。别说员工餐厅,连大厅里的自动售货机都不卖了。

"有害食品!"筱美还是耿耿于怀。

"气得什么都不喝了?可别上火。"守木拿出自己的保温杯,倒了半杯推过桌面,"正好喝喝这个。"

玻璃杯中的饮料呈现出一种温和的浅黄。

筱美捧起来喝了一口。

"哇苦——"筱美说着又接二连三地喝了几口。

"怎样?"守木笑着说。

"好喝!"筱美大声回答。

"这是什么?"筱美睁大眼睛,"从来没有喝过。"

"是玄参茶。"守木又给筱美倒了半杯,"慢慢喝哦。"

"玄参?是什么?"

"玄参就是玄参的根呀。呃,"守木感觉自己没说清楚,"作为药材的玄参就是作为植物的玄参的根。玄参差不多一米多长,草本植物里算很大的了。它的茎是四棱形的,叶子是椭圆形的,夏天的时候会开出紫色的小花。"

"只要拿这个东西的根泡水就做出来了吗?"筱美又喝了一口。

"嗯。"守木点点头,"三百毫升水里泡十克玄参就好,喜欢的话,还能再放三克绿茶。"

"嗯嗯。"

"你喝的是没有放绿茶的。"守木说,"如果喉咙不舒服的话,还能再放五克余甘子、三克麦冬,要是要治咳嗽,就换成三克桔梗、一克甘草。"

"哇!"筱美惊叹,"守木姐懂得真多。"她突然又像回过神,"啊,我错了我错了,这点儿基本的草药知识可不算什么,待在一块儿太久都忘了,守木姐可是'长洲三家'的传人呢。"

"喂喂喂,太夸张了。"守木感觉自己脸都红了,"长洲都没有了,还三家呢。"

"不许谦虚!"筱美笑个不停,拉住身边一个实习生模样的年轻警察。"喂,你说说,长洲三家是哪三家。"

年轻的警察端着餐盘，低头撞见筱美的领口，赶紧把脸转向另一边："呃，是筑园、制药、冶铁。"

"对吧？"筱美转向守木，"可有名了。"

"喂，坐在我对面的这位，可是制药一家的传承人哦。"筱美对男警察说。

"哦哦哦。"男警察连连惊叹。

——惊叹是因为你的扣子没扣好。守木好想捂脸。

筱美松开年轻警察，他就飞快逃走了。筱美转回桌面，捧玻璃杯又喝了一口。

"筑园、冶铁都落后了，"筱美说，"我说这三家，还是制药最有用。"

守木不太想说这些，脑中冒出一件可以岔开话题的事儿。

"筱美，我们楼里有641室吗？"

不知是不是错觉，说出这句话之后，整个员工餐厅都静了一层。像好好看着一部热闹的电影，突然就减了三格音量。

"啊？"筱美低头盯着餐盘。

是没听清吗？守木想再问一次。

"吼吼吼——"身后传来一个雄伟的笑声，不用转头就知道是总务科长。

"嘿，守木。"总务科长走到桌边，"听说你被叫去发了三天《新都市民文明手册》？"

守木好不容易把这件糟心事儿忘了，又被提了起来。

"啊哈，这可是个大荣誉，说明你形象好气质佳，能代表我们警视厅。"总务科长问，"我考考你。新都的城市精神是什么？"

"海纳百川追求卓越公正包容大气谦和。"

"那新都的城市价值取向又是什么?"

"诚实友好和谐敬业。"发了三天,怎样也记住了。

"什么是五违必治、四必先行?"

"喂喂——"守木瞪大眼睛,背是能背,但这条也太长了吧。

"不许欺负守木。"筱美突然大声说。

"筱美……"守木惊讶极了。

"嘿,背不出不要紧,"总务科长拍了拍守木的肩膀,"小姑娘呐,你还太年轻。"

总务科长走后,筱美显得有些闷闷不乐。

守木不知该怎么活跃气氛,说了自己派发手册时的趣事——自己被当成了广告派发员,竟然有找零工的男生问自己哪儿接来的活——然而也没起到什么效果。

两人默默地吃完了午饭。

原本说好中午要一起去楼下新开的甜品店吃冰激凌。但筱美说下午临时追加了材料,中午还得回去加班。

守木也只好自己回了办公室。

办公台的一角放着新大男生送的"魔术入门",实际就是次元魔术社的揽人传单。

从新大回来之后,守木再也没能联系上中原或凌林。

午休就睡觉算了,守木叹了口气趴在桌上,戴上降噪耳机打开森林模拟 APP,一眯眼睡着了。

长长的隧道……

这样一想，远处就跳出了一颗光点，摇摇晃晃在眼前扩大。

柔和的白光一瞬间充满世界，又缓缓地散去了。

一条绿盈盈的溪水在守木面前流淌。

哇……守木向着溪水走去，站到池边时，影子惊动了游鱼，游鱼挺着银闪闪的脊背猛地跃出水面，斜斜地游去了。

守木望向水底，水中倒映出中学时代的自己。

守木将手伸向粼粼的波光，指尖触碰水面时，水中那个自己的嘴角一晃，同时向守木伸出手来。

指尖当真传来一丝有别于水流的触感，守木惊讶地看去。

——几片粉色的花瓣从自己的指缝中流过。

守木向着花瓣的来处转头，一瞬心神摇荡。

上游的一溪碧水皆化作霓虹，倒映着粉色的天空，盛放的桃花缀满枝头，无边无垠铺向天际，惠风穆穆而至，催落一片花雨。

无论多少次来到这儿，守木依然感动于面前的风景。

这就是……长洲……

守木猛然想起了什么，急忙站起身。

比起桃花，守木更想见到那个人。

——远处的红霞下站着一个少年。

称作少年，恐怕还有些早，怎么看也就刚上小学。都已经什么时代了，他还穿着自制的粗布衣服，从裤管里钻出一截结实的脚杆。

少年被一团融融的黄光裹着，守木走到黄光的边缘，就无法再前进了。

少年斜斜地背对自己站着，低下头往怀中看。

守木知道他在看什么——少年怀抱着襁褓中的自己。

举家迁离长洲之前，奶奶带着自己去向老朋友辞行，这么说，他就是那家的孩子。

出发在即，就连襁褓中的婴儿也感到了不安。

小小的守木突然皱着脸哭了起来。

少年被她突然的哭声吓了一跳，有点慌张，胳膊却稳稳地将婴儿抱紧。

"喂，不要哭哦，不要哭。"少年学着大人收紧胳膊，"又不是不能再回来，新都到长洲可不远。"

一缕微风拂过林间，少年用肩膀挡着凉风，守木看着他被风掀动的刘海，人的脑袋上竟然能长出那么多的头发，守木瞪大眼睛看着，一时忘记了哭。

花雨纷纷而下，撒落在少年的头顶，好几片撒在守木小小的脸庞，轻柔的触感惹得她咯咯直笑。

"原来你喜欢这花。"少年见守木笑了，这才舒开眉头。

"明年这个时候你就能走能跳了，我教你爬树捉鱼，"少年说，"到时候再来看花。"

"爷爷说这条清溪，这片花海，千年之前就在这儿了，千年之后也一样会在。"少年说，"要是你喜欢，年年都能来看花。"

守木的眼中噙满泪水，嘟起了嘴。

少年见状拢紧臂膀，微微一笑，守木瞪圆了眼睛。

光团中的两人无法碰触。

守木呆呆地看着少年低下头去，将嘴唇轻轻印在自己的额头。

粉色的天空从中间裂开，外边是一片碧蓝，碧蓝的天空再次裂开，又是一片烟霞般的烂漫……守木被这景象深深困惑，胸口深处涌出一阵疼痛。

"——明年，我再带你看花。"

守木终于忍不住放声大哭。

"喂喂——喂喂喂，没事吧？"

守木被推着肩膀摇醒了，是同组的艾登。

"啊，对不起，睡傻了。"守木擦掉眼泪做了个可爱的表情，"梦见冰激凌掉了。"这种时候女性的身份还真好用。

"嗨，冰激凌，要吃多少没有。"艾登说着"紧急集合了"，先向会议室跑去。

守木深呼吸一口，迅速收拾好情绪。

守木最后一个跑进会议室，大家一齐转头看她。

"哦，守木，这会你不用开，"科长塞给守木一个塑料袋，"你去这儿，抓紧时间。"

守木低下头，袋子最上面压着一副毛茸茸的兔子耳朵。

守木抱着塑料袋往走廊外面走。

心中再次想起了那个人，不由得加快了脚步。

现在的你，在哪儿？

守木感觉他就和那片花海一样，永远地沉入了水下。

/ 14
青冶

正在为您重新规划路线

老鼠乐园的北面有一座雷丘,那是整个园区的制高点。

在雷丘平缓的山巅,造着一座世界最高的摩天轮,净高288米,64个座舱,那就是传说中的"新都之眼"。

青冶此刻就坐在"新都之眼"的眼睑上。

面前的"少女"保持着迷之微笑,塑料头壳上戴着装饰性的银边眼镜架,看起来还挺可爱的。

青冶告诉自己不用着急,座舱才刚刚开始上升,重回地面需要39分钟,恰好一节课的时间。

说是少女,实际上也可能是男人,身高与自己接近,戴着蓝发美少女头壳,穿着LUNA的COS服。看上去有点儿诡异,但青冶却并没有从对方身上感觉到危险的气息,心情难得地轻松。

"你好。"身为理论上的男士,青冶先打招呼。

"你好。"少女的声音经过实时变音处理,听起来介于SlRl和初音之间。

少女拿起身旁的粉色大手袋，从手袋里拿出两只一次性纸杯，放在右手边的小吧台上。又从包中拿出一只保温杯和一管维生素片。"要喝维 C 吗？"

"不用、不用，我喝水就行，"青冶皱起眉头连连摆手，自己从小就最讨厌维生素泡腾片，"喝了能吐你一身。"

"那帮我放一片？"少女戴着华丽的浅黄色长手套，上面用水钻拼出魔法阵似的图案。

美是美，多不方便。

青冶接过泡腾片管儿，这盖子果真难开。青冶低下头想用牙啃，一抬眼发现少女正歪着脑袋看自己。青冶只好放弃这不雅的举动，费了好大劲用指甲抠开盖子，往少女面前的纸杯里倒了一片。

"保温瓶也我来吧。"青冶伸手拿过保温瓶，旋开盖子，给两人都倒上了热水。

"我先喝一杯？"青冶跑了一路渴得很。

少女点点头。

青冶一口气喝干了热水，身心一阵舒畅。

"哎——"青冶吁了口气，又给自己倒上一杯，然后把保温杯还给少女。

竟然随身带着保温杯，"你这家伙，不会是老头儿吧。"青冶不禁脱口而出。

少女一时沉默。

呃。青冶抓着脑袋。难道说中了？

"我可喜欢老头儿了。"青冶感觉自己的话有些歧义，"怎么说呢，老头儿没什么不好，之前帮过我的也是个老头儿。"

少女继续沉默。

"哎,摩天轮,摩天轮很不错。"青冶抓着脑袋,"有个我挺喜欢的游戏,FBI的警长就坐在摩天轮上接受CNN采访,被主角用狙击枪超远距离爆头。没想到吧,这家伙才是最大反派。"

"呵呵,"少女说,"最后有个老头儿在夕阳下海滩边独自尬舞的那个?"

"哈哈哈,对对。"青冶心想是老头儿没跑了。

少女"哼"了一声。

"不过,穿成这样有点儿热吧?"青冶看着都觉得热。

少女抬起手臂在空中划动。"D"——"W"。

"哇,你也在被他们追?"提起DW不由手腕一颤,青冶握着手腕搓了两圈心有余悸,"厉害啊,那什么五代手环。"

"你被五代手环锁过?"少女问,"怎么解开的?"

"我爷爷的朋友,一个老——伯伯,帮我打开的。"青冶说,"他对DW比较了解,不过也不是他们的人,否则也不会帮我。"

"话说回来,你知道我是谁么?"青冶问。

"你是青冶,出生长洲市沧浪区第六十九代的——"

"停停停——"青冶捂住耳朵,"啧啧,这些都查得到。话说,你是14ALL的人吧。客服?"

少女一愣,"咻——"地笑了。

"客服"这两个字实在过于日常。

"这会儿就算在做任务了吧?"青冶问,"下了摩天轮,真能给我一亿元?"

少女点点头。

"这些钱是哪儿来的?"青冶问出了自己一直在想的问题。

"看过多啦梦的漫画?狸猫型机器人有个神奇吸尘器,可以把坏人的铜板——"

青冶用眼神告诉少女,他不需要这样的比喻。

少女歪了歪头。"神奇吸尘器可是真实存在的哦。"

"上周的那个男人,差点就杀了你的那个。"少女说,"还记得他说干掉了你之后怎样物尽其用?"

"他说——"青冶明白了。14ALL获取了那家伙的资产。

"就是这样方便的时代呐。"少女向观景窗转过脸,青冶也看过去。摩天轮已经转过了小半圈,从这儿可以望见三分之二的老鼠乐园。

城堡、广场、人工湖都成了微缩景观,像是儿童画的场面,那悬垂于塔尖的斜阳,比例大得出奇,正被某种无法抗拒之力缓缓拖入涌动的人海。

"你觉得,"少女说,"那里面有多少人带着手机?"

"呃——多少人,"青冶说,"百分之九十九?"

"是百分之百,"少女说,"可别忘了,庆典期间的游客仅能通过实时二维码取票入园。"

"对哦。"青冶自己也是扫码入园。

"便利被创造的同时,也为不接受这份便利的人创造了不便。想想新都地铁人工充值点。短短的十几年中,全世界的大部分人口都主动或被动地迁移到了线上,形成了这个神奇的都市。"

"呵,"青冶说,"智能都市么?"

"哈哈,"少女笑,"就是这个。"

"这个词儿说得再清楚不过了,"少女转过脸,"智能的东西是都市,而并非其中的居民。"

青冶默默不语。

"今天是第一次到这儿来吗?"少女说,"用百讯地图吗?"

青冶点头。

"说到地图,我们都知道,百讯地图绝不只是一张画满道路的纸,它的核心是 Online。百讯地图拥有数千万连线用户的数据,能够实时了解各种拥堵、事故等交通情况。"

"请问,"少女问,"如果百讯地图告诉你,今天 1 号线故障,你需要坐 3 号线,再换乘 11 号线才能到老鼠乐园,你会听它的吗?"

"呃,一般人都会吧。"青冶说。

"为什么?"

"如果地铁坏了,百讯地图肯定比待在家里的我先知道呗。"

"正是这样。"少女点点头,"不过只是这点儿消息,你如果安装了新都地铁通 APP,也能马上知道。"

"嗯。"

"第二个例子,如果你选择开车去老鼠乐园,开着开着,百讯地图告诉你,你选择的路线前方即将拥堵,要不要它为你重新规划路线?"

"要吧。"青冶说。

"为什么?"少女问,"明明你现在还好好地开着呗。"

"我这会儿看着还能开,但百讯地图已经预测前面要堵了。"

"为什么它能预测?"

"因为它有全城车辆的实时数据。"

"啊哈,不错。"少女说,"听好了哦,第三个问题来了。"

"还有?"

"这个可好玩了,听好,"少女说,"某天你打算出门,打开百讯地图一看,上面没地图了,只显示着六个字——今日不宜出行。"

"哈哈哈,"青冶大笑,"这不是那啥,老黄历?"

"你相不相信?"

"当然不相信,正常人都不会相信,"青冶说,"这是封建迷信!"

"再怎么说,"青冶说,"东西南北那么多路,还能全堵上?"

"呵呵,这么想确实合理,"少女说,"但你出门之后就发现开哪儿堵哪儿,遍地事故,寸步难行。"

"这——"

"就像在第一问里百讯地图把你从1号线换到3号线一样,"少女说,"这回它把所有的车都赶鸭子似的塞到你的路线上,再安排几个事故,让你在高架上大塞车几小时,厕所都找不到。"

"呃。"青冶心想能不能别用厕所举例,咱俩也还有几十分钟才能下去呢。

"大部分人被这样折腾两三次,要不要相信那句'今日不宜出行'?"

"要说塞车我相信,连事故都造?"青冶不服气。

少女"哼"了一声。

"虽说只是一小部分,新都的路面上已经出现了自动驾驶汽车。简单说来,自动驾驶汽车使用视频摄像头、雷达传感器以及激光测距器来了解周围的交通状况,并且通过一个升级版的百讯地图,辅助以百讯街景进行自动导航驾驶。"少女说,"听起来怎样?"

"高科技,有保障。"青冶说。

"目前使用自动驾驶汽车的驾驶员，必须拥有 Ca 驾照，拿到 C 照的驾驶员再通过 autonomous 学习考试才能升级为 Ca。上路后也不能全盘放手，驾驶员必须坐在前排，任何时候都可以通过专用方向盘、刹车和油门控制汽车，以便应对各种突发情况。"

"听起来挺安全。"青冶说。

"确实安全。那么多自动驾驶汽车在新都开到现在，事故率为零。比每天碰擦的人类驾驶员不知要高到哪儿去了。所以越来越多人开始申请 Ca 驾照，改装自己的汽车。首批用上自动驾驶的人也都潇洒得不行，一个个把副驾座位放到底，还有人直接换上头等舱的沙发椅，一路伸直了腿，听歌看电影玩游戏。"

嗯嗯，青冶连连点头，前几天在朋友圈看见一个视频，司机把按摩浴缸都搬上了车。

"除了自动驾驶，百讯公司还开发了一项备受赞誉的技术，那就是视觉障碍者辅助出行语音。"少女说，"通过不间断的智能语音提示路径、方位，甚至能提示出每个台阶的高低。这个辅助语音已经帮助了数以千计的视觉障碍者自主出行，甚至连很多喜欢一边走路一边玩手游的健全人也在用。"

"哈哈哈。"青冶能想象出那个画面。

"假设，你是个视觉障碍者，跟着语音走到了路口。"少女说，"语音说，前方绿灯，二十九秒，请尽快通行。你走不走？"

"呃——"青冶保持沉默，心中有种不祥的预感。

"喂，可别忘了前提，"少女说，"这个智能语音带你顺利穿过了成千上万个路口，这会儿你突然就不走了？"

"前方绿灯，还有二十二秒，请尽快通行。"少女学起机器语音来惟妙惟肖,不不,她本身就是机器语音。

"行行行,我走。"

"您已偏离预定路线,请后退三步。"

"您已到达安全位置,请停步等待进一步指令。"

"实际是不是绿灯,到底站在哪儿,你一个真盲人知道吗?"少女"嘿嘿"一笑,十分违和。

"好,这会儿自动驾驶汽车过来了。汽车里也有语音播报:'绿灯25秒,正在通过路口,前方——畅通',也是几万次的经验告诉驾驶员,听见'绿灯,畅通'连头都不用抬。"

"……这!"

"明白了吧,"少女轻击手掌,"这就像一手举着靶,一手拿着箭往靶上插。"

"全部十环的神射手。"青冶说。

"同样一句'今日不宜出门',过去生效是因为未知。人们臣服于因未知而恐惧的超自然力量。现在生效是因为已知。人们认为自己是以知识、经验、可靠的工具,经过独立思考判断之后才得出了不应出门的结论。"

"古代人干什么都要占卜,现代人干什么都要搜索。"青冶说。

"哈哈,说得好。"少女说。

"然而当你在搜索栏里输入'眼镜娘'三个字,在获得眼镜娘图片的同时,某处也就获得了你对异性的偏好。"

"喂喂!"青冶涨红了脸,所以你才戴了这个假眼镜?

"穿衣,饮食,居住,出行,医疗,教育,工作,爱好……"少女说,"人们在寻求答案的同时,也在不断交出答案。"

青冶无言以对。

"公元前3500年，苏美尔人发明了某种在人脑之外储存和处理信息的系统，"少女说，"那就是——"

"文字？"青冶说。

"正确。自此人类社会的规模不再受限于人脑的计算、储存能力，然而也就是从那时起，人类的大脑一步步对外开放。"

"——直到今天这样的规模。"少女举起手机，"一切需要用脑判断的问题，此刻都可以从智能终端获得答案。"

"这东西简直就成了人的第二大脑。"青冶感叹。

"注意，能够下判断的器官才是大脑。"少女说。

"哈哈，对。"青冶大笑，"对那些全盘相信'今日不宜出行'和非五星点评不吃的人来说，挂在脖子上面的东西只能算是他们的第二大脑了。"

说话间摩天轮已经走过了五分之二。

阳光从低角度斜射过来，照出少女细得戳人的鼻尖。

"在所谓的'便利'面前，人们迫不及待地交出私人数据，亲手打造了因为无所不知而变得无所不能的智能之神。"

少女转过头。

青冶也向那里看去。

暗紫色的薄暮笼罩着大地，新都宛如塔林般矗立的楼群正在坠入深红的云海。

——这个城市，这个国家，这个时代，就建立在这样便利而危险的东西之上。

"这么重要的事情应该列入小学课本。"青冶说。

"哈哈。请问——"少女笑,"中世纪时是谁实际统治着欧洲?是谁在强化神权?"

"教会。"青冶回答。

"正确。中世纪的教会富可敌国,还向富人出售赎罪券,"少女说,"然而如果失去将人送下地狱的力量,那些财富立刻就会像是偷来的。"

青冶明白了此刻谁才是"神"在人间的代理人。

"我在三院,被戴上了DW的手环,"青冶强迫自己打开不愿再想的记忆,"在那儿的地下设施里,看见了——"

少女等待着。

"FARM。"青冶终于说出了这个单词。

巨大的地下空间中矗立着由无数黑色立方体组成的阵列,每个都高逾百米直达穹顶。单个立方体由数以百计的服务器机组叠加而成,外立面闪烁着蓝绿色的光点。

"哎,"少女说,"那你连神龛都见过了,有没有跪下祈祷?"

"DW竟然拥有那么大规模的FARM,"青冶摇头,"不可思议。"

"呵呵,DW么?"少女不置可否。

"中世纪时,教会贩卖赎罪券,富人们购买这种券后就能获得神的赦免。不过到底灵不灵验,要等上了天堂才知道。

"现代的赎罪券可就有效多了。无论是谁,只要掏钱就能立即得到神的庇护,住进神域,免去现世之罪,甚至体验无所不能的天堂。"

"正是这样。"青冶握紧拳头。

那些作恶之人就像头顶刀枪不入的光环,对于路上碰见的蚂蚁,稍不如意就一脚踏死。

"但我也并没有被他们消灭。"青冶点头。

青冶明白了一切:"我们有14ALL。"

"嗯。"少女微微点头。

少女将双手合拢枕在脸旁,歪着头去看青冶,目光十分温柔。

座舱正在接近摩天轮的高点。

斜阳从下方坠出云海,在地平线上放射出灿烂的光芒。

光的洪流汹涌而来,瞬间淹没了栅栏。少女的眼睛在光流中闪烁,青冶感觉自己与少女正坐在什么都没有的极高的高处。

"冈格尼尔。"少女的声音拥有魔力。

"……冈格……尼尔。"青冶不由轻念。

"如果把14ALL看作肉体,那么冈格尼尔就是它的心灵。"

沐浴在光团中的少女,像是来自某个久远而亲切的神话。

青冶心想,或许我也一样。

少女用手指在胸前比心,光从她的指间穿过,停留在那里,一颗心闪闪发亮。

少女将那颗心缓缓推向了青冶。

青冶看着她握住自己的手。

"你会收下吗?"

天空已经彻底暗去,一颗星也没出现。四下的喇叭在半个多小时前就开始广播,通知大家烟火表演即将开始。

游客都涌到城堡前的许愿湖边,抢一个可以看到烟火的好位置。这会儿应该一个个都将手机举在了空中。

远离烟火的园区冷清得很,放眼望去看不见一个人影,静得可怕，乐园这东西果然全靠人数支撑。

十分钟前穿过了梦世界的入口，青冶并没有确定的方向，只是默默向前。

远处传来欢腾的音乐，轰隆声随即叠加而上。

前方不远处的道路广角镜上飞起一团红星，一串蓝星，烟火表演开始了。

青冶没有回头。

据说烟火有着所有人类创造的事物中，最壮阔与美丽的特质。仰望这一美得无以复加的巨大存在，人们便会感觉到自身的渺小，对于宏大之物心生憧憬，在无力感中生出幸福。

空中浮起淡淡的硫黄味儿，青冶经过道路广角镜继续向前。

梦世界中放置着数百尊奇异的雕塑，前方路口的高台上有座石像鬼缓缓向青冶转过头。

青冶停住了脚步——石像鬼在笑。

手举钢叉的石像鬼转过头之后，围绕着青冶的阴影中走出了七只怪物。

石像鬼没有跃下高台。

"嘿嘿嘿——"石像鬼猛然大笑，周围的怪物也一齐发笑。

青冶盯着石像鬼的面具。

"你可真是不得了，"石像鬼的声音有些熟悉，"竟然把我们合作单位的干部都给干掉了。"

"不过，我们和他可不是一个级别。"石像鬼说。

合作单位？青冶思考着对方的意思。

"奇怪了吧？怎么就一下子找到了你。"石像鬼说，"你身上可带着老鼠乐园的电子票呢。"

"进来了，就别想再出去。"

青冶瞬间回想起了对方的声音——你再也进不了这个小区了。

"D，W。"青冶咬紧牙。

石像鬼挥挥翅膀。

"给你三分钟时间，想想该怎样投降。"石像鬼说着用翅膀遮住自己的脑袋，蜷缩着不动了。周围的怪物也一齐停步，仿佛又都变回了雕塑，直挺挺地瞪着青冶。

烟火还在继续，青冶环顾四周——找不到突围的可能。

摩天轮中坐着两个LUNA，如果说一个是穿着头壳COS出的玩偶人，另一个就是从动画中直接走下来的完美少女。

腾起的烟花映照着两张美丽的侧脸。

违和的是两个少女都在用男人的声音说话。

"嘿嘿，又见面了哟，教授。"

中原没有说话，摘下头套放在膝盖上，拿起水杯喝了一口。

对面的少女见状也将自己的脑袋摘下，抚摸一下放在膝盖上，脖子里露出了金属关节。

"太僵硬了。"中原说。

虽然离开了身体，少女的喉部仍在微微颤动，从那里装着的麦克风中发出凌林的声音。

"嘿，没你的脑子僵硬。"

"既然冈格尼尔没能把你消灭。那么你的真相，我就已经知道了。"中原喝了一口水，"真可怜。"

膝盖上的脑袋转动眼珠瞪向中原。

"可怜的是你,"无头少女说,"冈格尼尔能救你?能救他?"

无头少女从裙子里掏出一只 pad,放在中原的面前,"给你一分钟交出管理权。否则就看着他怎么被我撕碎吧。"

"做得到就试试,"中原轻笑,"怪物。"

"爆炸倒计时!"脑袋扭曲了五官,瞳孔中红色的倒数计时开始跳动,"把那个因果律武器——交出来!"

"时间到,"石像鬼把脑袋从翅膀里钻出来,"怎样,想好了吗?"

青冶一言不发。

"各位,准备——"石像鬼下令。

怪物们举起武器摆出了战斗姿势。

"火焰骑士波尔布特,准备。"

"弓圣布罗兹,准备。"

"时之操纵者菲德尔,准备。"

"元素之灵贝尼托,准备。"

"英雄王约瑟夫,准备。"

"太阳使弗拉基米尔,准备。"

"不朽的战士泽伊斯,准备。"

多么堂皇的名字。

青冶回想起中原的话。

"那个男人,是冈格尼尔为了救我而杀的吗?"

鱼竿,铁架,奇妙的角度,青冶确定那都是冈格尼尔的安排。

"不是。"中原一口答道。

青冶疑惑地抬头。

"冈格尼尔撒在时空中的东西,就像一把散落的宝石。

"即使宝石铺满了山坡,也不具有任何力量。

"将这些散落的宝石串成锁链,将恶锁死在因果律上的人,是你。

"渺小也好,平凡也罢。但即使被摧残也不放弃,遭受压迫屈辱也不屈服。

"那根串起一切的细线上放射着淡淡的光泽。

"再黯淡也无法掩盖。

"那就是你银色的意志。"

眼中涌起了泪水。

"青冶,长路漫漫,你追求的是什么?"

"当你找到这个问题的答案时——拔剑吧,"中原的声音近在耳畔,"你的心愿就会成为冈格尼尔的心愿。"

很轻很轻的东西在青冶心中聚集。

生命不由自己的选择到来,日后也必将被夺走。但活着的这段时间,那绝不放弃希望、想要践行自我的意志,塑造了这个世界的形状。

青冶抬起头。

石像鬼避开青冶的视线。

"杀了他!"石像鬼发出命令,怪物们冲向包围圈中的青冶。

远道而来的风从平原升起,旋转的气流愈变愈强,呼应着胸中的涌动。

我要为那些不能战斗的人而战!

为了那些被侮辱被损害的生命。

世间一切无法裁决的恶——

青冶握紧剑柄,在狂风浪涛中发出怒吼:

"由我裁决!"

拔剑的瞬间,天空坠下一道银色的光柱,笔直落在青冶肩头。青冶高举短剑,剑身激荡出璀璨的星芒,灿烂的光焰在风中摇曳。

怪物们纷纷后退。

石像鬼打了个呼哨转身就跑,其余的怪物也四散逃入黑暗。

青冶纹丝不动,像是一座银质雕像。

头顶直升机轰鸣,高音喇叭大喊:

"第一千万个 Lucky Mouse——在!这!里!"

15
守木
这根本不是游戏

守木排在城堡前方维持秩序的人墙中。面前男游客的太阳眼镜上印出城堡玫红色的尖顶。

"第一千万位游客,我们的 Lucky Mouse 是——"

远处天空凭空出现一道光柱,再看才注意到直升机。电子门票中包含着 GPS 信息,光柱投射出了幸运儿的位置。摄像机追拍着幸运儿的实时影像,投影在紫色城堡正中的墙面。

"那不是林克吗?"

"勇者!"

"喂,是星之剑!"

人群齐声欢呼,"林——克——林——克——林——克!"

守木不由向着屏幕转过头。

银色的光柱笼罩着那个身影。

少年身披银甲,高举短剑,纹丝不动宛若雕塑,直升机卷起的旋风掀动他的刘海,露出一双发亮的眼睛。

啊!守木一瞬间心神震荡,扶住护栏。

——不可能。

守木用力闭上眼睛再睁开,人影就在这时跃出光柱蹿入树丛。

大屏幕瞬间一黑,画面重新切回了城堡前的水上舞台。

人们还来不及惊讶,一队衣着热辣的奇鼠演员已经登场。

"Show Time!"欢呼声再次响起。

守木在声浪中坠入巨大的震惊,完全无法理解这件事的意义。

手机"叮——"的一下,她一点儿没有听到。

暴雨急停,天空却并未变亮。顶上黑成一团,下边压着一层白光,一看就是随时又要爆发。

守木将雨具留在大厅的入口,根据人工语音的指引办理了通行证。原以为至少需要半个小时,结果五分钟不到就站在了对方面前。

"叫我的网名爱德华,我还挺喜欢这个名字。"男人冲守木一笑,"咖啡?红茶?"

"茶,"守木说,"谢谢你,爱德华。"

"该我谢谢你,"爱德华说,"上一次和别人一起喝茶都是四百二十四天之前的事儿了。"

爱德华走向开放式厨房。

难以想象这里是新都第六特别拘役所。守木环顾周围,除去没有窗户,怎么看都是间普通的公寓,书架、电脑、沙发、唱机,一应俱全。

然而——守木默默计数,光是视野中就安装着19个摄像头。

在等待水烧开时,爱德华走向排满了黑胶唱片的书架。

"命运会为我们的这次见面准备怎样的音乐?"

爱德华冲守木笑了笑,向着唱片架伸出手臂,钟摆般划动。

"停。"守木说。

爱德华的手臂应声停下,手指向前探去,取出一张唱片。

"海顿《创世纪》,"爱德华将黄封面展示给守木,"真是让人不得不相信命运。"

爱德华启动唱机,音乐以极小的音量流出,远小于电水壶发出的烧水声。

爱德华沏了两杯红茶,将其中一杯放在守木的面前。

"谢谢。"

"守木小姐,您对海顿了解多少?"爱德华在守木对面坐下。

"海顿是与莫扎特、贝多芬齐名的维也纳古典派音乐大师,"守木搜集脑内的资料,"他曾长期担任宫廷乐师。对古典乐的主要贡献是交响曲和四重奏,因此被人们称作交响乐之父。"

"不错。"爱德华继续等待。

红茶的香气溢满了鼻腔,守木又想起了一些内容,"海顿的音乐幽默、明亮、轻快,含有宗教式的超脱。"

"漂亮的答案。"爱德华点了点头,他的脖子上箍着一个暗红色颈环。颈环的颜色过于鲜明,守木从刚才起就忍不住看了好几次。爱德华自己倒不以为然。

"海顿出生于1732年4月1日,奥地利罗劳。死于1809年5月31日,奥地利维也纳,遗言是'不要害怕'。"

"不要害怕?"守木问。

"当时拿破仑已经攻陷了维也纳,当炮弹落在海顿的屋旁,海顿安慰身边的人们'不要害怕',这就成了他的遗言。"

"在我看来,出生与死亡,再加上遗言,就足以总结一生。"爱德华微微一笑,"长洲的守木小姐。"

守木并不惊讶,爱德华应该在好几天之前就得知自己拿到了探视许可。十有八九,不,百分之百已经用身后的那台电脑检索了自己的信息,毕竟他就是因为这个入狱。

"啊哈,电脑当然要给我用的。"爱德华知道守木在看什么,"那是七年前的事了,知道吧,传说中的'六一法释',听名字像不像玄学?"

"全称是'最高法院最高检察院关于办理侵犯公民个人信息刑事案件适用法律若干问题的解释'。"守木说。

"对。其实用一句话就能说清楚,"爱德华指指自己,"人肉搜索判7年。"

"法律保护每一位公民的隐私。从送奶工、超市收银员到警视总监、国家总理都一视同仁,只是前者估计没什么人会去搜索罢了。"

守木抿了下嘴。

"哈哈,不过我的刑期可不是7年,"爱德华指指挂在书架旁的电子倒计时牌,"数罪并罚后是512年。"

守木看看倒计时牌,爱德华的刑期还有184389天。

爱德华因为人肉搜索被捕,之后又从个人电脑中检出了更多犯罪证据。依据《妨害信息存取手段及计算机欺诈与滥用法》、《反黑客法》、《国防法》、《国家繁荣法》、《计算机信息系统安全保护法》、《爱国者法》、《计算机信息网络国际联网管理办法》以及新《刑法》中与利用计算机犯罪有关的条款,爱德华犯下了信息攻击罪、信息破坏罪、信息滥用罪等四十七项罪名,最终数罪并罚被判处有期徒刑512年。

"好长啊,2的9次幂,"爱德华抱着脑袋,"作为制药之家的传人——守木小姐,世界上有没有什么仙丹可以吃下一丸,让我能够活着完成改造,回归社会呢?"

守木不知该说什么。

"哈哈,玩笑玩笑,到那时候,社会这东西还存不存在都不一定,"爱德华说,"在守木小姐看来,'药'是什么意思?"

"可以治病的东西。"

"好答案,"爱德华竖起大拇指,"所谓的对症下药,就是这么回事。"

"扁鹊用麻黄汤对抗外感风寒,华佗用七厘散对抗跌打损伤,爱德华·金纳用牛痘疫苗对抗天花,亚历山大·弗莱明用盘尼西林对抗细菌感染,今天的医学可以用硼中子捕获反应对抗癌细胞,用纳米机器人对抗心血管疾病,然而从根本意义上来说,所有的医者对抗的都是同一件东西。"

守木等待着他的答案。

"那就是,"爱德华喝了一口红茶,"死。"

"从宗教与哲学的观点看来,死亡具有某种形而上的神秘性:生命意义的来源,伟大的回归,或是一个新的开始。

"然而在医者的眼中,死就是'症',这样一来,'死'就不过是一个具体的技术问题。只要是技术问题,就会有技术上的解决方案。

"追求这个解决方案,一直都是现代科学的主要任务。物理,化学,生物,纳米技术,基因工程,快速成型技术,量子技术……无数的跨学科研究，都杀向了同一个敌人——那就是我们可怜的死神。

"上周，SI 研究所在美国加利福尼亚建起了人类的第一个'人体器官动物农场'，科学家将人类干细胞与动物胚胎融合，然后在所谓的嵌合体中培育人类器官组织。他们将人类干细胞注入 2 000 个猪胚胎，并使这些胚胎在母猪体内生长。可惜试验并不是很成功，只有很少量的人类细胞活了下来。

"然而实际上，科学家们已经在同类型物种中实现了细胞融合。他们成功地在大鼠的体内培养了一个小鼠的胰腺，并将胰腺移植回小鼠体内，治好了小鼠的糖尿病。

"因此就有人说，这个农场名字中'动物'两字不过是障眼法。该设施就是为了更为相近的同类型物种器官生产而建。"

"请尽情想象，"爱德华伸出五指，像凭空托着篮球般在面前旋转，"同类型物种，器官农场，购买者，志愿者，重刑犯，失踪者……嘿，够拍电影了吧？"

联想到的东西让守木浑身一阵恶寒。

"UG 制药的 CEO 马里斯曾在接受 CNN 的电视采访时这样说：'在现代科学这把手术刀的帮助下，我们终于可以掀开死神的斗篷，瞧一眼他的戏法。'

"这句话在无意中暴露了现代科学的野心。掀开斗篷瞧一眼是不需要手术刀的，他真正想说的应该是：'解剖了那家伙也不过是时间问题。'"

"科学受它强烈妄想的鼓舞，毫不停留地奔赴它的界限。"守木说。

"尼采，"爱德华露出理解的微笑，"科学家们认为人类将在 2200 年终结死亡，也有人认为是 2100 年，而最新一次预测是 2050 年。"

这个年份出乎守木的预料。

"这里说的终结死亡，是像那些保养良好的古董车一样。每几年更换一次老旧的零件，好比心、肝、肺，一边等待新技术出现。实际上，很可能已经有一些这样的不死人走在你的身边，尤其是当你走在华尔街、永田町或是长平街上时。"

守木不得不苦笑，512年不亏。

"不过这里说的不死，只是达到了某种程度上的长命，两百岁、三百岁都有可能。然而离真正的永生——千岁、万岁、万万岁还差得太远。"

"无论医学先进到什么程度，即使用尽增强手段，也只能解决内部问题。"爱德华说，"剩下那些医生做不到的事情，就得交给你们警察了。"

"警察？"

"T1000知道吗？"

"终结者电影里的液体机器人。"守木说。

"对。"爱德华说，"T1000强不强？最终也掉进钢水死了。而我们的这些——就叫他们强化人吧，花费无数财力战战兢兢地维护血管脏器，活到一两百岁，然而只要出现一个喝醉的卡车司机，一块被大风吹落的广告牌，一次火灾，一次漏电，就能把这一切努力全部毁掉。"

"人活得越长，在一生中遭遇重大事故的概率也就越高。"爱德华说，"我要是真能活512年，说不定连小行星撞地球都能碰上。"

爱德华直视着守木的眼睛，然后站起身，为两人重新沏茶。

守木明白接下来要说的才是真正重要的事情。

"所以说——"爱德华重新坐下,"守木小姐愿意和我一起生活吗?"

守木有些惊讶。

"既然守木小姐问起,我一定会知无不言。不过——"

"如果有谁不想让我说,就会启动这个。"爱德华指着脖子,"放心,头不会掉下来,只是晕倒而已。"

"如果我把自己知道的东西全部说出来,这玩意儿也没有启动。"爱德华冲守木笑笑,"那就大概意味着守木小姐也要住进来了。"

爱德华放下茶盏,看看周围。"你是现役警察,又是英雄的后代,现在起身就走的话,应该还能出去。"

安装在四壁的摄像头不为所动。

"让我们继续喝茶吧。"守木伸出手指,在摄像头的注视中提起茶盏。

爱德华微微一笑。

"那是很久以前的事,在我入狱之前很久,在我当上所谓黑客之前很久——"爱德华眯起眼睛。

"想起来简直就是上辈子的事。那会儿我还是个毛头小子,每天3点睡,8点起,刮胡刀都用不好但已经觉得自己是个大人了。爱好是上网,生活是打字,那年头的网络充满了活力,处处生机勃勃,是思想的舞台,智慧的源泉。

"我所在的新理工虽然没有新大那么有名,因为是理工类大学,也拥有一条主干网络的接口,带宽达到了当时十分惊人的10万兆。我靠调剂进的大学,十分憎恨自己的专业,和计算机系的人倒是混得很熟,打了半年零工后,终于买了一台笔记本电脑。

"我最常去的地方是一个叫做'栈溢出'的IT技术问答网站。这里不仅聚集着来自全球的计算机爱好者,还有无数的专业技术人员以及那些真正的天才,所有人都不计报酬分享自己的知识,解决他人的问题。"

"这个自由的城邦,"爱德华一下年轻了十岁,"光是名字就了不起。"

"栈溢出是缓冲区溢出的一种。缓冲区溢出会使有用的存储单元被改写,引发不可预料的后果,通常来说会导致程序崩溃。也就是说,程序有BUG。网站用这个名字告诉大家,这里是一个帮助大家解决IT技术问题的网站。"

"然而它还有另一层意义,"爱德华神采飞扬,"如果有人通过栈溢出的方式向这些溢出单元写入精心准备的数据,就能运行自己的代码,获得整个程序的控制权。这时候程序的BUG就成为了所谓的'漏洞'。"

"五角大楼也好,FBI也好,克格勃也好,只要是运行着程序的地方,就必然存在着漏洞。越是高墙,就越有翻越的意义,挖出那深埋在黑暗中的罪恶,抛撒在阳光之下,看看谁会露出最惊恐的嘴脸。

"怀着好奇心与正义感的人们,日复一日地敲击着键盘,对抗着不断升高的铁壁,追问世间的真相,这就是我们那个时代的黑客精神。"

守木忘记了红茶。

"哈哈,不过我可排不上号,虽然多少有点精神,但却完全没技术。"爱德华抓着脑袋,"大部分时间还是在玩游戏。"

"本来感觉人生也就这样了,直到有一天,我收到了一封邮件。"

守木明白,真正的故事开始了。

爱德华在大学第一年就玩遍了世界上几乎所有的游戏,有时候一天就能通关好几个。进度那么快并非他天赋异禀神乎其技,只因爱德华是个"作弊"爱好者。

无敌、隐身、加速、穿墙,如果没搞到作弊器,他就想办法自己写破解程序,总之不把一款游戏玩得支离破碎绝不罢休。

爱德华很喜欢这种在游戏设计者脑内穿梭的感觉,每个世界都继承了游戏设计者的意志,只有从设计师的视角才能完全体会它们。然而玩得越多,爱德华越感觉到每个游戏的残缺与局限。

爱德华有写博客的习惯,他将自己对每个游戏的看法都写入栈溢出博客,用"看法"这样中性的词恐怕不太合适,因为那里面基本都是吐槽:操作繁琐,界面复杂,主线流程混乱,打击手感差,氪金,世界观乏味,职业平衡性差,延迟高,画质对系统要求过高,掉宝率太低,物品获得太简单,怪物 AI 过高,怪物 AI 太低,对新手不友好,新手保护系数太高,没个性,个人风格过于明显……

爱德华把自己玩过的数以千计的游戏全部吐槽一遍,有些只给三言两语,有些也会怒其不争地写上一长段。他的博客只有百来个关注者,爱德华也自得其乐。

有一天,爱德华收到了一封邮件,一个网名叫做"火焰骑士斯托曼"的人邀请爱德华加入他们的游戏社团。

玩点儿游戏还要拉帮结派?爱德华向来独来独往,本想直接拒绝,但读了一下才明白那是个制作游戏的社团。

尽管如此,爱德华还是不准备加入,不过他被对方信中的一片真诚感动,答应担任那个社团的顾问——主要任务是吐槽。

社团的第一次活动在栈溢出 101 号聊天室举行。

"社团成立时只有三人——火焰骑士斯托曼、结晶魔导师米亚莫特、时之操纵者利奇。还有包括我在内的五个顾问。

"成立活动当天又加入了两名新成员：元素之灵克莉丝和英雄王卡普尔。

"一个月之后加入了太阳使库塔拉奇和无名的士兵尼卡。

"这七个人的名字，至今仍在我的梦境中回响。"

"这七个人——"守木想问他们都在哪儿。

"在这个成立大会上，"爱德华打断了守木，"火焰骑士斯托曼提出了社团的目标，那就是做一个人们从未玩过的好游戏。这个游戏除了要满足那些普通意义上的好，诸如好的交互界面、好的操作感、好的剧情、好的画面、好的价值观之外，还需要实现另外三个目标。"

"首先，这个游戏有着人们从未体验过的新玩法。"火焰骑士斯托曼说。

"第二，它没有所谓的结局，可以永远地玩下去。"

"第三，它能推动人类的进步。"

第一第二点还忍得住，爱德华听到第三点，当即就把可乐喷在了键盘上。

爱德华玩过数以千计的游戏，光是他们提出的那些一般意义上的好，就鲜有游戏可以面面俱到。几千人的大型游戏公司都不敢提"从未有过的新玩法"，还有"无限的容量"，更何况"推动人类进步"？

"叫我说——"爱德华说,"世界上倒有一个游戏勉强实现了你们的这些目标。"

"哪个?"大家十分好奇。

"奥林匹克。"

"真的有!"

"那就以超越奥林匹克为目标!"

我是在吐槽啊!爱德华直摇头。

成立大会继续,爱德华把杯子推远了一点,不敢再喝可乐。

加入社团的要求倒是简单:就是相信这个游戏能被做出来,和团队的伙伴一起努力去实现。

游戏开发团队通常来说分为三个部分——策划、程序、美工。然而因为目标是这样一个"非常"游戏,所以成员们也并不分组。社团每个人都是程序员,也有自己对游戏的想法,每个人都可以为其他成员做些什么,大家就把社团叫做"One for All",写成14ALL。

这次成立活动的观众不到百人,现场倒还加入了两个新社员。"哈哈,希望我们能在有生之年把它做出来。"

怎么想都是白日梦,14ALL 的成立活动之后爱德华就把这件事抛到了脑后。所以当斯托曼在四个月之后约他进行首轮测试时,爱德华简直大吃一惊。

英雄王卡普尔和爱德华的地理位置最近,就由他来演示程序。

因为卡普尔说测试需要一张桌子,爱德华就在学校旁边用集点卡订了一间 K 歌房。这里有电也有网,爱德华提前准备了电脑,腾出硬盘空间。

卡普尔身穿灰色西服,四十岁上下,看发际线像某科技公司的技术类管理人员，神秘兮兮地钻进了K歌房后显得格外兴奋。

"哇！爱德华，这么年轻？"

"哟，卡普尔这么——"爱德华向他招手，"职业。"

卡普尔开始翻包。

"光盘？U盘？"爱德华伸出手去。

"噢噢，"卡普尔掏出一只手机递给爱德华，"是手机游戏。"

"啊哈？"爱德华心想，还真会赶潮流。

游戏还是开发状态，没有LOGO，甚至连名字都没有，直接写着工作组的缩写——14ALL。

卡普尔还在掏包。看见他从公文包里掏出一只白碗、一只苹果，爱德华不知该露出什么表情。

"啊，手机给我。"卡普尔从爱德华的手中拿过手机，将摄像头对准桌面的苹果和白碗。

"现在，"卡普尔说，"把苹果放进碗里。"

爱德华抓起苹果丢进碗里。

"哎哎，等等，等等，哎……太快了。"

卡普尔把手机塞给爱德华。"看着，我来。"

爱德华接过手机，学着卡普尔将摄像头对准桌面。

卡普尔抓起苹果，经过一段悠悠的匀速直线运动后将苹果放入碗内。

爱德华憋住笑，那宛如抓娃娃机手臂似的移动方式，天知道他已经抓了多少次。

苹果放入碗中之后，过了三四秒，手机"叮咚"一声，跳出了：任务完成。

"呵哟。是 AR 游戏。"爱德华说。

"呼。"卡普尔站起身,"不错吧?"

卡普尔告诉爱德华,14ALL 想做一个通过 AR 技术提高人们生活能力的游戏,比如料理,收纳,栽培……

"停停停——"爱德华连连摆手,"这根本不是游戏!"

谁想学什么"料理,收纳,栽培","我可一丁点儿都不想玩!"爱德华连连皱眉。

"这些玩意儿,听听都没兴趣。游戏一定得是更基本、更直接、更有趣的东西。"爱德华这样说,然而他自己也不知道具体该怎么弄。

"这——"卡普尔仿佛受了内伤,苦着脸看着爱德华发愣。

爱德华有些尴尬,随手抓起桌上的可乐罐头,向不远处的垃圾桶掷去。

"哐当——"空罐应声入桶。

"十分。"爱德华努力微笑,活跃气氛。

卡普尔的眼睛猛地瞪大。

"哇!"卡普尔突然大喊,"就是这个!"

"你是真正的天才!"

"这个可乐罐,就是一切的开始。"

"那是完全的无心之举。但当时卡普尔却认为是我在进行提示。"爱德华说,"年轻的我在他的狂喜与盛赞中没能说出真相。此刻,知道了真相的卡普尔应该正在天国笑话我吧。"

"直到现在我也常常会想,那个罐头到底是谁放在那儿的?服务生清洁包间确认桌面整洁后才会带入下一波客人。"爱德华望着远方某处,"或许是真正的因果之神,将那个罐头放在了那里。"

获得了这个重要的启发之后,火焰骑士斯托曼当晚就召集社团开会,一问之下竟然有四名成员在新都,就一起约在衡山区附近小酒馆见面,其余的人用视频联线,一个个脑袋被装在 Pad 和手机中,对着桌上的佳肴大呼小叫。

"真是热闹,真是神奇,"爱德华笑着摇头,"怎么也想不到竟然可以那么欢乐。"

在小酒馆的包厢里,大家第一次提出了"做好事、得奖励"这条准则。

"它并不是'为了奖励而做好事'的功利,而是'做了好事就会得到奖励'这样一种结果。虽然当时的奖励也不过是虚拟的 pts、几声数码欢呼而已。

"另外我觉得对于这样新概念的游戏,需要做一个专门的引导程序。元素之灵克莉丝当时正在硅谷的一家智能计算公司工作,就由她来做这个新人小助手。"

"大家一起来给小助手起名。"爱德华的脸庞浮现出梦幻的表情。

"结晶魔导师米亚莫特提起了一部古老的漫画,竟然社团的每个人都很喜欢。

"漫画的主角是一个由阿婆带大的小男孩,在一个叫做鲸鱼岛的地方长大。在大自然中长大的他,有着能与一切生命沟通的天赋。12 岁时,男孩追寻着父亲的足迹出门远行,开始了无尽而精彩的旅程。

"大家一致认为,这是自己看过所有漫画中最阳光灿烂的一位主角,再没有比它更合适的名字。大家就一起把这个还未诞生的智能小助手,命名为——"

爱德华像失去了弹性的工作灯,缓缓向桌面弯下腰去,肩膀不住地颤抖。

"今天,就说到这儿吧。"爱德华捂着脸,"不管是谁告诉了你这件事,他真的非常勇敢。"

"最后一个问题,"守木说,"游戏完成了吗?"

"没有。"爱德华说。

"游戏只做了三分之一,所有人就都死了。斯托曼、米亚莫特、利奇、克莉丝、卡普尔、库塔拉奇、尼卡。我来到这里之后,出卖灵魂换取了情报,用自己的双眼看到了所有人的结局。"

"那么源代码呢?"

"据我所知,已经一行都不存在于这个世界上了。"

爱德华说完之后把头埋进手臂,看样子再也不准备说话了。

"谢谢你,爱德华。"守木发出无声叹息,"再见。"

守木离开之后两分钟,门再次打开。

"我说了,今天就这样了。"爱德华有些气恼没有回头,"我最讨厌纠缠不休的女人。"

他突然被从后面抓着领子提到空中。

爱德华惊恐地转头,看见了一个牛面人身的怪物。

"你是谁!"

"呵哈哈哈。"怪物将爱德华从空中直接摔到地上。

他的力量大得惊人,爱德华认为自己的脊柱断了。

"……我们……有……协议……"爱德华的嘴角淌下鲜血。

"你的协议是和条子,可不是和我们。条子要你死,你就得死。我们要你死,你也得死。这叫充分不必要条件。"

"你……们……"

牛面人没说话,将爱德华翻到正面,踩住他的胸口。

"爱谈人体改造?"牛面人卷起袖管,"瞧瞧这个。"

"啊啊啊啊呼呼咕咕咕——"

牛面人踩住爱德华的胸口,像提壶铃似的扯下他的头。

16
青冶
如果是你,
一句话就能办到

胸口长久地残留着痛感,青冶猫着身子,匍匐在花岗岩纪念碑的转角。

纪念碑造在一座下沉式广场的中央,上方是由群鸽组成的现代雕塑。

——叼着橄榄枝的鸽子一边飞翔一边投下炸弹。

透过鸽子镂空的翅膀,可以看见迷雾笼罩的黑色天空。

整个城市都失去了电力,周围一片漆黑,唯有薄暮般的光线勉强勾勒出了道路与建筑的阴影。

这座曾有数千万人生活的城市,如今只剩下自己一人。

青冶抬起手腕,表盘上没有秒针,时间再次停在 1 点 21 分。

青冶确信这个时间一定有自己还不知道的某种重大的意义。然而人类的历史漫长而曲折,这让表盘上的每一个刻度都足以意味深长。

专注在此刻就好。

青冶并不是第一次来到这里,但这次却似乎比第一次更叫人震颤。

真实得让人头皮发麻,青冶抬手按按胸口,出乎意料的痛感让他几乎窒息。

青冶不敢将这看作梦,咬紧牙用鼻腔狠狠喷气,才没有叫出声。

安静意味着安全。

——如果在这里死去的话,大概就会在任何世界中死去。

在骇人的寂静中,青冶尽力将头贴近雕塑,屏住呼吸竖起耳朵。

啪,嗒,嗒,嗒。硬底鞋踩在砖块上的声音。

雕塑的底座长宽都在一米五左右,青冶单膝跪下,将身子紧紧缩成一团。

高出地面的广场入口忽地射入一束强光。扇形的光束从宽台阶上往下走,一边摇晃一边靠近,最终定格在纪念碑上。

飞翔的鸽子在地面投射出狼群的阴影。

不要变红,不要变红,不要变红,青冶默念。

扇形光柱移开了,向着小广场另一侧走去。

青冶探出头,看见了那个——以对方的行为模式来理解,姑且叫做巡查员。

巡查员身穿黑色皮鞋,黑色西裤,黑色长风衣,黑色皮手套。走动时双手自然下垂,在身体两侧随着步伐摇摆。

巡查员那双手专为抓捕设计,握力惊人,合拢五指即可不费吹灰之力地将人骨捏碎。

只是青冶不太明白他们全身黑色的意义,是为了显示某种气场,还是为了耐脏?肯定不是为了隐蔽。

无论巡查员身穿什么颜色的制服,他们都是这个永夜都市中最耀眼的存在。这个世界中唯一的光源,就在他们的脑袋上。

事实上，巡查员并没有头。

在他们立起的风衣领子上面，只有一台白色的枪式监控仪。那扇形的光区，就是这台监控搭配的照明设备。

若是发现了什么目标，白光会在一瞬间变红，周围的巡查员也会立即赶来，集中围捕不速之客，青冶曾亲眼看见它们将一条野狗撕成肉片。

巡查员的身影消失在广场另一端，这块区域暂时安全。

青冶缓缓跟随巡查员的路径向街面移动。

道路两侧停着好些无法开动的废车，青冶以车体为掩护，沿街跑出一百来米，滑进某座大厦的门洞。

所有建筑物的入口都无法打开，这个有三面墙壁的门洞已经算是最佳隐蔽点，巡查员对光线十分敏感，只有在这里才能安心拿出手机。

身边有张折椅，是过去人类留下的吧？青冶坐了下来，用指纹解锁手机。

手机中只有一张地图，和14ALL有些相似，标记着当前青冶的位置。青冶缩小地图，找到了地图上另一个白色的亮点，那里就是青冶的目标，只要赶到那里——

街头传来了脚步声。

青冶立即收起手机，贴着墙壁，侧耳细听。

脚步声靠近自己一侧的马路，青冶暗叫不好，想要立即冲出去。光束已经罩住了面前的人行道。

如果巡查员笔直走过，那可再好不过，如果对方向门洞内转头，青冶不敢想象。

脚步声越来越近，青冶的心悬了起来，捏紧了拳头。

巡查员向门洞内转过脑袋的瞬间,青冶猛地劈下折椅,狠狠击中了监控仪。

巡查员被砸倒在地,双手乱挥,抓住折椅一扯,折椅立即粉身碎骨。青冶的手中只剩下半截铁棍。他就势绕到巡查员身后,用铁棍勒住对方的脖子,巡查员的双手在空中狂舞,又想从脖子后面抓青冶的脑袋,然而都被青冶躲开。

巡查员终于在十几秒后失去了知觉。

呼。青冶松开铁棒,将巡查员拖进大楼的门洞,这是青冶有生以来打倒的第二个巡查员。

这家伙,到底是不是人?

指尖残留着无法言喻的手感,青冶抑制住将巡查员的风衣解开看一看的念头。

天空愈加黑暗。胸口疼得难受,青冶无暇顾及其他,再看一眼路线,向白色圆点移动。

一路躲避着巡查员,青冶踏入了目标所在的小区。

干掉一个已属侥幸,手头就这么一根铁棍。对手可以轻易夺取,也能轻易折断。

要是有把AK——我也不会瞄准。

青冶要自己沉住气。

小区绿化带十分宽阔,巡查员只在地图标示的道路穿梭。

哼。青冶暗暗好笑,一点点靠近地图上的白点。

绿化带的尽头是健身中心。健身中心后方有一座废弃的游泳池。

泳池正中竖着一座高约三米、像是通讯塔的装置。

装置由四根垂直于地面的柱状物组成。

中间一根是立柱，底部插入摆放在地面的五边形基座，另有三根柱体以带有轴承的支架固定在立柱上，一边高速旋转，一边从顶部射出光束。

果然还是这玩意儿。青冶心想。

在立柱底端应该有一处接口，只要将手上这台手机插入底座，等上 30 秒就大功告成。

青冶沿着绿化带往前摸了两步，又立即趴在了草丛。

差点看走了眼，干涸的游泳池中，一动不动地站着两个巡查员，因为没有打开探灯，一时竟没看见。

青冶摸起一块小石头，丢向游泳池。

"啪嗒。"

近处的巡查员立即启动，远处的也随即激活，两个巡查员沿着顺时针方向开始移动。探照灯扫过青冶面前的草丛，草叶被照得像塑料片儿。

无论等上多久，巡查员都在游泳池中绕圈，并不离开。

混蛋。只有这样了。

青冶趁两个巡查员都没有照向自己时爬起身，将铁棍用力掷向健身中心。

铁棍落在水泥台阶上，发出清脆的声响。

果然，游泳池里的两个巡查员立即发疯似的爬上游泳池，向健身中心跑去。

青冶用最快的速度跳下游泳池，笔直冲向通讯塔，掏出手机，插入基站。屏幕上立即跳出了解锁进度。

120 秒？坑人！青冶立即匍匐在地。

不远处健身中心的外墙上闪着无数探照灯,恐怕半个街区的巡查员都跑来了。

正在这样想时,远处一道白光罩住自己,立即警笛大作。

健身中心的白墙一暗,黑暗中闪出了几十个红点。

青冶心中大叫不好,巡查员们已经沿着小道向自己跑来。

进入游泳池的金属把手只有一条,先跑到的巡查员转身沿着池壁上的台阶往下爬。后来的也从那儿往下挤,堵成一团摔进池里。

青冶来不及发笑,最先爬起的巡查员已经冲向自己。

红光闪得晃眼,青冶躲向通讯塔后方,绕着通讯塔打转,一转头又有三个巡查员跑来。

还没完成?青冶咬牙蹿上旋转的通讯塔,抱住一根立柱,整个人立即要被甩飞出去。青冶缩起左脚,右脚被一只手拉住,青冶甩了鞋子,又被扯住了脚踝,拽下通讯塔,翻倒在地,眼看着无数双黑手伸向自己。

滴——长长的蜂鸣代表解锁完成。通讯塔顶端射出一条银色的光柱,外柱随即停止旋转,发出泄气的声音向外打开。

随着通讯塔的停摆,所有巡查员像被拔掉了电源般一齐倒下,铛铛铛地摔在深蓝色的池底。

压制天空的暗幕随即消散,阳光猛然从天而降,青冶睁不开眼。

青冶推开压在身上的巡查员,站起身。

爬上前方小坡的顶端,青冶再一次看见那个最终目标,在极其遥远的彼端,天与地之间垂着一根白线。

那是白塔。

搞定一座通讯塔,只能解开这一个街区的暗幕。

青冶不知道还要解锁多少个街区，才能到达那连接天地的一线。也不知道到了那儿后又该如何是好。

然而除此之外的事情都毫无意义。

街道的对面就是另一个街区。

青冶走到阳光的边缘，揉了揉肩膀，再次扎入暗夜。

午夜新都，大厦间的窄街上，飞驰着一辆鼠灰色跑车。

跑车前方数百米处，道路中央站着一个黯淡的人影。

跑车毫不迟疑地冲去，又猛烈刹车，在距离人影十米远处停下。

车窗摇下，探出一个脑袋。

"啊啊，劳驾，能让我过一下吗？"头发灰白的老年驾驶员穿着深灰色麻质西服，笑着打招呼。

"不行。"青冶说。

"前面是在干啥？拍电影？"灰西服笑，"年轻人呀，行，我绕道就好。"

灰衣服转动方向盘，车却发动不起来了。

"呼。"灰衣服爽快地推开车门，走下车。

青冶看着灰西服。"石像鬼在哪儿？"

灰西服不说话。

"你是那七个怪物之一，在乐园里。"

青冶注视着他的眼睛。"牛面人。"

"哇哈，厉害。"灰西服如释重负，"小伙子当上了代理人，风格就是不一样。"

"说实话为了防止各种意外，这几天我可都住在医疗酒店的套房里。"灰西服说着从后座拿出一个牛面头套，戴在头上，"不过那可真是太无聊了，比死都无聊。"

青冶站在原地。"石像鬼，在哪儿？"

"找到了他又能怎样？"

"杀了那家伙。"

"嘿嘿嘿。"声音沉沉地从面具中传来。

"只是要杀了他的话，岂不是很容易？只要下达指令把所有DW相关者全部杀光，不就可以了吗？"牛面人抬抬下巴，"是你的话，一句话就能办到吧，不过是火葬场要忙活好几个月而已。"

青冶一言不发。

"做不到吧？嘿嘿，"牛面人走到车后，打开后备箱探进身子，"夜间运动。"

青冶想起了一件往事。

青冶中学时，从新都转来一个插班生。插班生的性格听他的绰号就能立即明白，那时流行一部狸猫机器人的漫画，班里的男生都叫他"小夫"。

小夫用自己的方式结交朋友，然而和青冶却几乎没有说过话。即使是少年，青冶也能从对方身上感受到一种先天的敌意。

某个平常的傍晚，青冶路过河边的废地，从几个高年级学生的手中解救了正被勒索的小夫。

那家伙并不算是朋友，如果硬要说是喜欢还是讨厌，一定是偏向后者。

说不出为什么要这样做，简单地比喻一下，就好比看到不小心蹦上河岸的鱼，就弯下腰捡起来丢回水中一样。

只是觉得应该这样做，所以就这样做了而已。

脱离了控制的小夫立即逃走，三个高年级学生转而围攻青冶，青冶毫不退缩地还手。打斗中警察的巡逻车出现，四人被带到了派出所。

然而不知出于什么原因，小夫拒绝为青冶作证。青冶与三个高年级学生之间的打斗最终被定性为打架斗殴。

这件事在青冶的档案中留下了污点，人生就此进入了另一条轨道。不久之后，青冶离开了长洲，开始了漂流的人生。

"嘿嘿，做好事，得奖励。"牛面人找到了，"就是这个。"

牛面人将从后备箱取出的巨斧擎在手中。

"说不定就让我在这里把你的脑袋劈了，也是一件好事呢——"

牛面人冲向青冶："死吧！"

青冶抬起手。

几十根螺纹钢突然从天而降，牛面人挥动巨斧，打落了其中的一半，仍被另一半穿透，钉在地上。"嗷——"

"石像鬼在哪儿？"

"喂嘿，"血从头套下方涌出，牛面人说，"死吧。"

牛面人掷出巨斧——

斧柄在飞行中断裂，巨斧失去平衡，落到地面旋转着停在青冶的脚前。

"你和我们，"牛面人吐着气，"没什么不一样。"

"我和你们不一样。"青冶说。

"还不明白吗，只有那个家伙，"牛面人说，"不一样。"

青冶转过身。

"——嗷啊啊啊啊啊啊啊！"

牛面人用手握住贯穿身体的钢筋，钢筋被那不可思议的巨力根根拔除。

牛面人将插入体内的钢筋依次拔尽，血在地面形成了一个小泊。

牛面人一步步走向青冶，"我要杀——"

"咣!"数根工字钢再次从天而降，巨大的轰响中牛面人变成了肉泥。

青冶抬起头仰望无法看清的楼顶。

这会作为施工事故处理吧。

远处传来警笛。

手心再次浮起难以言喻的感觉，青冶要自己好好记住它。

17

守木

海顿说不出什么，
格里格却知道这么多

警视厅的员工餐厅中洋溢着一种奇妙的节日氛围。

新都的犯罪率奇迹般地下降，竟比去年同期下降了89.6％，若继续维持这个趋势，新都的年犯罪率就将降到一个神乎其神的数字，到时新都就会成为全国乃至全球最安全的城市。

当然，这种欢乐的气氛或许只是因为员工餐厅又开始无限量供应可乐了。不过这次供应的并非常规可乐，而是零热可乐。

除了守木之外，几乎人手一罐。

守木一人坐在长桌上发呆，猜测到底是谁给自己发了匿名情报，反复思考爱德华的话，然而却都毫无头绪。

自那之后，爱德华就不再接受自己会面的请求，守木觉得自己接触过的每个人都默默地消失了。

一个又一个拿着零热可乐的同事从面前走过，守木的心中越来越别扭。

零热可乐之所以在号称零热量的同时达到普通可乐的甜度，是因为它使用了一种叫做阿斯巴甜的添加剂。

守木的高中生物老师曾详细地介绍过这种物质，它在人体内会被分解为三类物质：甲醇、天冬氨酸和苯丙氨酸。甲醇是一种神经毒素，又叫工业酒精，在人体内会被分解成甲醛，是一类致癌物。天冬氨酸是一种刺激性毒素，会杀死神经细胞。苯丙氨酸以游离态进入人体时会严重刺激神经元，造成破坏。

1965年阿斯巴甜被该塞尔公司发现。1967年科学家使用加入了阿斯巴甜的牛奶喂养7只婴儿猴，结果1只死亡、5只癫痫发作。1970年的研究结果指出，阿斯巴甜对人体有重大危害。1981年，新总统上任后解雇了不批准阿斯巴甜的FDA委员，强行通过了批准。

守木心想恐怕再过十年、二十年、三十年之后，人们的面前还会放着零热可乐，这玩意儿简直就像要与人类共存亡。

"哇！还是可乐最配香肠。"

守木忧心忡忡地看着斜对面的李昂。

"哟，守木，"对方笑着打招呼，"这个月可轻松了。"

"嗯。"守木点头。

"喂，听说了吗？真龙会、藏爱一家、东方贸易公司都完蛋了，"李昂猛喝一口可乐，"反黑组最近到处善后，抱怨已经沦为收尸组了。"

守木不知该说什么。

李昂看出了守木心神不宁的样子。

"噢噢，不是案件，都是事故。"李昂又喝了一大口可乐，"上次的紧急出动也是误报。"

"误报？"守木抬起头。

"草木皆兵,毕竟是那玩意儿嘛。"李昂张开胳膊。

"新纪元水电站的自动监控装置发出入侵警报,连T特都差点出动了。"李昂掏出手机,伸过来给守木看,"结果是这家伙误触了警报。"

守木探头去看,屏幕中是一只毛茸茸的浣熊。

"呃。"守木说。

"可爱吧?"李昂说,"这家伙犯了大错。现在就被圈养在新纪元站内的绿化带里,站长可喜欢了,这几天的推博里发得全是。"

"李昂,这饮料,不太好。"守木终于说出了这件事。

"噢,我知道。"李昂笑了一下,"是说阿斯巴甜吧。"

守木有些惊讶。

"人嘛,就是这样的东西,明知有害也会忍不住想要喝上一口,"李昂眨眨眼,"警视厅里不也设置着吸烟室么。"

守木仍在发呆,李昂已经端着空餐盘站起,"呼,饱了饱了。"

守木看着他的背影消失在餐厅转角。

手机跳了一下。守木点开手机,是筱美。

"晚八点在老地方见面。"

守木走进酒吧时,七点三刻刚过。

一位年轻的钢琴师正在弹奏格里格的小抒情曲。

工作日的晚上客人不多。

一对年轻的情侣坐在窗边,两人间散发着长年相处的协调感。卡座里有三个中年人,穿着黑色高领套头衫的正高谈阔论,对面的格子衬衫和棕西服聚精会神聆听。另有一对游客似的老年夫妇坐在门口。

守木远远看见了筱美。筱美垂着头坐在远离入口的吧台角落,守木感觉她的肩膀有些僵硬,大家都进入了放假的状态,只有数据科在连续加班。

守木走过去在筱美身旁坐下,放下提包将手按在她的肩膀。

筱美的身子猛地弹起。

"喂喂,是我。"

"对不起。"筱美重新坐下,脸色苍白。

守木尽量让自己不要大惊小怪,微微一笑,像往常一样要了金汤力。

因为是老客户,吧台赠送了一碟柿子种。

守木喝了一口饮料,却怎样也无法放松,身边的朋友到底怎么了?

"筱美,身体不舒服吗?"

"有点儿……"筱美说,"能帮我去对面便利店买杯热豆浆吗?"

"好。"守木站起身。

筱美突然抓住守木的胳膊:"我们一起去。"

"想喝的话,自己一个人去买就行了吧。"身后传来男人的声音。

筱美的手从守木的手臂上滑落。

"还剩三分钟,"凌林说,"我可是说得很清楚哦,八点把她带到这里。"

筱美低下头。

守木环顾周围。店内的顾客一个接一个地站起,面无表情地排成一列向店外走去,钢琴师走在队列的最后。

全是演员?

"再见。"凌林向筱美故作姿态地摇手。

筱美没有再看守木,低着头跟在队尾走了出去。

守木看看凌林,黑西装简直就是这家伙的皮肤。

"人类和人偶的区别,就是光环。"

"热情,友情,爱情,披上这些的人偶,像不像真的人类?"

"我们之间的秘密,可不该由他人来分享。"凌林露出标准化的笑容,"再怎么说,咱们可是一起追寻真相的 p——artner。"

"Partner 么。"守木说,"那就回答我一个问题。"

凌林做了个"请"的手势。

"教授在哪儿?"

"哈哈哈,"凌林指指头顶,"会在哪儿呢?"

守木保持沉默。

"教授就是中原,中原是社团的顾问,社团开发游戏,然后那个游戏——"凌林举起手机,"就在这里。"

手机中显示某个应用的界面。

虽然是第一次见到,但守木的直觉告诉她,那毫无疑问就是真正的"14ALL"。

不是没有完成么?

既然凌林的手机里有那个游戏,那么是 DW 拿到了源代码?

守木的脑中一片混乱。

"啊啊啊,对不起!"凌林收起手机深深鞠躬,"好久不见太激动一下子就说了那么多。对于这么温柔的一个夜晚,实在不该操之过急。"

"美丽的小姐,你可知道这音乐?"

虽然钢琴手已经离开,音乐却还在继续,守木决定静观其变。

"爱德华·格里格,"守木说,"Watchman's Song。"

"哇。"凌林竖起大拇指,"知道格里格?"

"爱德华·格里格,1843年生于挪威,浪漫主义作曲家。瑰丽的民间音乐是他创作的源泉。格里格用音乐表现故乡的自然风光与神奇的童话传说,刻画了山妖、风精、侏儒等奇幻形象。"守木想象着格里格的世界。

"嗯嗯。"

"然而格里格也并不是一位出世的音乐家。他在1868年写成钢琴曲《祖国之歌》,赞颂了人民的荣耀。诗人比昂松为此曲配词,写成了名为《前进!这是我们先辈们的战斗呼唤》的战歌,为实现人民独立的斗争而呐喊。格里格还为易卜生的诗剧《培尔·金特》写了两部管弦乐组曲。诗剧通过青年彼尔的冒险,嘲讽了追求权力与金钱的私欲,讴歌了淳朴、善良的生活理想。"

"啪啪啪,"凌林的掌声在空旷的酒吧中回荡,"海顿说不出什么,格里格却知道这么多?"

守木不说话。

"格里格生在一个风起云涌的年代,"凌林张开手,"而我们,却生活在一个风轻云淡的和平社会。"

"警视厅对最近的犯罪率满意吗?"凌林问。

守木保持沉默。

"不用多想。"凌林说,"警察还是以相同的效率在工作,犯罪率下降只有一个可能,那就是我们DW干了更多的活儿。"

"截至今年,新都注册的职业安保人员数量是警察的3.5倍。

要是再算上未注册的，实际从事安保服务的总人数是警察的7.5倍。这些安保人员中的百分之九十DW都可以直接调遣。公司一年的安保花费，是你们警视厅的5倍。

"在DW维护的小区内，犯罪率正在接近真正的零。"凌林的手中冒出一杯绿色饮料。

"DW维护的区域，犯罪率迅速下降，换句话说，DW管理越多区域，新都就越安全。哪一天DW管理了整个新都，新都就能成为真正的零犯罪之都呢。

"DW开发了信心分系统，心理安全值预警系统，细丝系统，就连你们警视厅的天网和棱镜系统都是DW的人员在维护。

"为什么？因为我们便宜又好用。你可知道警视厅把多少脏活累活都转包了过来？DW的讯问室，就一直没有空过。

"不过你也用不着大惊小怪，这就像顺通快递替国家邮政干了送包裹这件差事一样。

"DW从警视厅发来的公共事务中赚了点儿钱，每年却要向警视厅以及有关部门上缴45%的利润作为管理费，这些钱当然都被高层分了，落不到你的头上。

"对了，不如到DW来上班？立即让你当上资深专员。说不定还能碰上不少前同事哦。"

"工资嘛就给你现在的——"凌林张开手掌，"五十倍。算一算，是多少钱？"

守木嗤笑一声。

"嘿，好笑吗？"凌林放下饮料，"在这个商品化的世界里，教育，医疗，安全，快乐，什么东西买不到？"

"不过你要是加入了 DW，我们还能给你更好的东西。叫我说来，钱根本就是废纸。"

"我已经查清楚了。"守木顿了一下，"那个事件。"

"哦？"

"最初调查的那个跑车司机 H 的事件。"

"你是说 H 的意外死亡事件？"凌林微微一笑。

"不，是跑车撞人的事件。"

凌林不说话。

"如我所料，DW 的摄像头清晰地拍下了撞车场面，之后拿着拍到的影像去联系肇事人 H，以销毁记录与完全保护为诱饵让 H 搬入了 DW 维护的小区。"

"诱饵？"

"在 H 搬入了 DW 小区之后，DW 轻松地入侵了他的电脑。"

"哦哦哦。"凌林连连点头。

"这不是一起简单的交通事故，H 隶属于一个地下跑车团体。当天他的任务是驾驶跑车从小女孩身前近距离掠过，对她造成惊吓。之后会有其他成员来到受惊的小女孩身边，利用惊吓造成的心理效应将她骗上另一辆车，带回那个团体的老巢——"

守木说不下去了，自己也看到了那些影像，"但 H 却失手真的撞到了她。"

相比之下，直接飞出 20 米真像是命运的仁慈。

"DW 从 H 的电脑中拿到了影像，对其中的对象一一进行勒索。不，与其说是勒索，不如说是商讨合作，与 DW 合作的犯罪者们至今没有任何一个受到法律的制裁。"

"一边滚动一边吸收世间污秽据为己有，散发恶臭腐坏社会，"守木直视着凌林的眼睛，"DW 就是一只粪球。而你，就是推着这只粪球的屎壳郎。"

"哈哈哈太妙了这比喻！"凌林大笑。

"既然如此，"凌林掏出一块怀表，"请看这个——"

"三，二，一。"

一阵浑身无力，守木从高脚凳上摔落在地。

守木在黑暗中睁开眼睛。

头疼，麻醉剂的药效还未散去。

脊背传来深长的凉意，自己只身穿着内衣，坐在一张黑色皮质扶手椅上，四肢都被粉色毛绒手铐固定。守木试着用力，虽然看上去只是玩具，但却十分牢固，并无自行挣脱的可能。

守木低下头，自己从脖子向下直到小腿都贴满了写有数字的电极。连接电极的深红色细线向身体后方延伸出去。

守木不知道那里有什么。

视线的右前方放着一张工作台，被一盏落地灯罩着，除此之外就再没有其他的光源。

守木向四周望去，任哪个方向都是无边的漆黑。

凌林从工作台后方慢慢走出。

"既然知道了那么多，你就只剩这样一个功能了。"凌林说，"本想用数据科那女人，毕竟胸要比你大上两号，不过这样看看用你也不错。"

"嘿，可没有白白锻炼哦。"

凌林的裤袋亮了一下，手机屏幕透出方形的微光。凌林摸出手机看了一眼。

"长洲的家伙简直阴魂不散。"凌林把手机放回口袋，"真正的好戏这才刚刚开始。"

药劲终于过去了。

守木注意到工作台靠后放着一颗头颅，歪着从脖子处劈断。

侧脸有些熟悉，但想不起是谁。

凌林走了过去，将那颗头拿在手里。

头颅反射出深沉的金属光泽。

是铜。守木想。

"这样认出来了吧？"

凌林将铜头转到正面对着守木。

守木认出了那张存在于中学历史课本中的脸。

"几年前，DW 公司组织了一次潜水活动，猜猜去了哪儿？"

凌林将铜头拿在手中颠来倒去。

"水下的长洲古城可比原来好玩一千万倍，"凌林说，"哦，你要是喜欢，晚点儿也可以把你丢回那里。"

"说回潜水活动，我遨游在这人造的奇迹中，欣欣然就游到了城北。"

"猜猜我看见了什么？"凌林托起铜头，"这家伙竟然还直挺挺地站在城门口。"

"啧啧啧，不得了，了不得，"凌林说，"我立即就让直升机送来氧弧割具，亲手切下了这颗脑袋，哈哈哈哈哈。"

"你疯了。"守木说。

"先天下之忧而忧,后天下之乐而乐。"

"能在千年之前说出这样的话,我倒想看看他的脑袋里装着什么,可惜——"凌林把切口转向守木,"不出所料,空空如也。"

"这家伙,不,所有长洲人的基因里,都有一条搭错的序列。你自然也少不了,"凌林说,"为什么你坐在这儿?为什么干到现在还是个见习?"

"天下根本不需要由你来忧,"凌林"叮叮叮"地敲着铜头,"天下的兴亡和你更没有半点儿关系。"

"所以长洲才沉入了水下?"守木说。

"哈哈。"凌林竖起大拇指,"要怪就怪这家伙。谁让他的名字里有个淹字呢。这么一想这雕塑简直就像是一个诅咒,我把他的脑袋砍了,这诅咒说不定也就能破除了哦。"

守木感到一阵莫名的寒意。

"说到名字,还真好玩,"凌林说,"虽然我的名字不过是代号的音译,但怎么看都完美地压制了你。"

"你想要保护一棵'木',而我,却凌驾于整片'林'。"

"嗤。"守木笑出了声。

凌林并不在意。

"全拜这玩意儿所赐,"凌林举起手机,"想一想,应用商店里排名前一百的APP都和DW合作,是什么规模。"

"DW不可能处理得了那么大的数据。"

"哈哈,所以说嘛,"凌林大笑,"干啥都需要合作,别管是敌是友。"

"我,代表DW,"凌林按着胸口,"而你——"

守木无法相信。

"人类从未经历过如此安全的社会,明天还会比今天更安全。

"见过现代大型乳业工厂吗?罗马式环形建筑,看上去就像苹果的大楼。阶梯形的钢结构将悬浮在空中的一只只奶牛隔开,无限的食物,刺激的音乐,奶牛的腹部24小时插着永不停歇的挤奶器,为公司、为社会创造着利润。

"这样的驯化活动,人类已经进行了几千年。

"远古的畜牧者处理需要驯化的羊群时,首先会干掉最具攻击性的公羊,之后杀掉太有好奇心的母羊,只留下那些听话的小羊。用枷锁限制它们的活动,用阉割抑制它们的天性,必要时甚至刻意造成伤残。新几内亚的农民会把猪的鼻子切掉一大块,或是挖掉眼睛,让它们无法主动觅食,只能完全依赖主人。"

"相比之下,现代的奶牛们,可谓舒适平等。"凌林笑,"DW的驯化做得怎样?"

"警视厅不会允许你们这样的人存在。"守木说。

"哇,我可是吓得发抖,"凌林将手掌在空中晃动了一下,掌心多出一枚硬币,"毕竟国家的本质就是对集体暴力的垄断,不会允许有人越俎代庖。"

"政府作为国家的代理人,"凌林摊开掌心,"必定永远正确,永远正义。"

"不过,世界上到底还是存在着一种邪恶的政府,"凌林抛起硬币,硬币在空中翻过一面,"那就是被颠覆后的政府。"

"想想DW掌握了多少材料!只要把活儿办好,故事讲好,DW就不只是一个科技公司,还能成为人类反抗暴政的里程碑。"

凌林将硬币展示在守木眼前。"不过,你我都知道,本质都是这一块钱而已。"

"呸。我们还有14ALL,"守木说,"做出了14ALL的人们,不会放过你。"

"哇,祝贺,"凌林连连鼓掌,"你总算跟上思路了。"

"不过,正如爱德华所说,"凌林说,"整个社团都在14ALL完成前就被抹杀了,源代码失踪,连栈溢出论坛都因此关闭,那么到底是谁完成了14ALL?"

守木找不到答案。

"啊哈,14ALL确实厉害,竟然能在DW的监控下杀人越货,不过也就只剩这两天了。

"更可悲的是,你想着14ALL,14ALL却根本没有想到你。

"新都至少有30万人被发放了14ALL的使用权,30万人都没有轮到你,说明什么?"

"说明你什么都不是,"凌林说,"警视厅觉得你没用,14ALL也觉得你没用。"

"原本我还想代表DW给你一个工作机会,不过现在,你也就只剩下这点儿功能了。"

凌林按下了按钮。天空一片雪白。

适应了强光之后,守木睁大眼睛。

数千张屏幕组成了半球形的穹顶,覆盖着整个视野。

守木看见了自己惨白的身体和前方正对着自己的摄像头。

下腹突然传来一阵刺痛,守木"啊"的一声,腿部无意识地抽动。

"OK,功能正常。"凌林重新走到守木的面前,"20—1000毫安。"

"刚才这一下,位置系数是10,电流强度是2,那么就是20元,请看——"凌林指着摄像头,"这个4K摄像头会向全世界直播你的实时影像,还特别推送给了每一位新都市民。观众们通过打赏来激活你身上的电极,不同位置的电极,乘以不同的强度得出价格,一元起步,一万封顶。"

"从生物学上来说,每次超过100元的打赏,都有可能直接将你电死。"

守木咬紧牙,制止了身体的颤抖。

"请夸奖我们是一群有创意的恐怖分子。

"当然也通知了警视厅,如果切断直播,所有的电极就会——皮卡皮卡!"凌林说,"你转眼就会变成一具焦炭。"

"不过,公平起见,观众在观看你的同时,你也能通过他们电脑上的摄像头看见对方,这本来可是我的特权哦。"

守木明白了——是伪装成直播的后门软件。

"公开,公平,公正,"凌林说,"直播的标题上写明你是现役警察,观众们会不会心生怜悯?"

"啊,已经有人来了,看。"

守木也看到了,左上方的一小块屏幕中出现了人影。

那是个高中生模样的男生,男生看见了半裸的守木,立即露出大吃一惊的表情,随后走向后方,关上房门。

对方一定不知道守木可以看到自己。有人能读唇语吗?刚这样一想,凌林将一片肉色胶带贴在守木的嘴唇上。

一个接一个的屏幕中跳出了影像。

"好好看着哟,这些都是你想要拯救的新都市民。"凌林向天穹张开手。

"真叫人期待。到底哪个会给你最后一击?"

"可惜我这就要出门,"凌林抬起手腕,"距离开放打赏,还有——30秒。"

"就用你的身体好好去体会吧,"凌林的脚步滑入阴影,"新都市民的善良。"

18 青冶

真正的答案就在身边

下午 4 点，中央广场站。这里是 3 号线与 17 号线的交汇处，时间已经接近晚高峰。

"滴滴滴滴——"紫色标示的 17 号线缓缓合上车门。

站厅管理员挥舞着小旗，绿灯亮起，地铁开始移动。

没过几秒，站厅里又聚起了候车的人。

"喂，这趟车上怎么没人？"举旗子的管理员对另一个说。

"是哦。"地铁缓缓从两人面前经过，速度渐渐变快。

"哎？有人的嘛。"

背对着车门，有个人影一闪而过。

17 号线所采用的 Ac08a 型列车为八节编组，车体为铝合金材质，每节车厢长 26.54 米，宽 3 米，定员 310 人。

从数站之前起，车内的乘客就不约而同地陆续下车。

"啊啊啊，这个竟然限时三折？快去快去。"一对年轻的情侣拥在一块儿跑出车厢。

穿着青色运动服的男人擦着两人肩膀,踏入车内。整个车厢空无一人。

列车在地下转弯,车厢中央的金属立管形成一道清晰的弧线,一眼望不见车头。

男人穿过空旷的车厢,一直向前走。

经过四节车厢之后,前方出现了一个人影,压住了视线的重心。

长椅的尽头坐着一个穿黑色西服的人。

看见青色运动服,黑西服爽快地站起身。

"看来这辆车,到不了我原定的目的地呢。"凌林笑着说。

青冶保持沉默。

"好强的因果力,竟然能把八节车厢的人全部清空,"凌林说,"了不起。"

"哎,14ALL到底是个怎样的候选机制?"凌林叹气,"真没想到,一个小小的快递员,竟然能够成为这种力量的代理人。"

"真没想到,一个小区的保安经理,竟然是DW的总BOSS。"

"DW采用议会制,"凌林摊开手,"不过其他的议员,差不多都被你杀光了。"

"就是那些怪物。"凌林说,"他们并不是DW的职业士兵,只是用机械或药物强化的普通人类。白天是DW的管理者,夜间就戴上头套出门娱乐,发起狂来连我都觉得棘手——"

"还得谢谢你替我解决了他们,DW现在完全属于我了。"凌林突然蹦到青冶面前。

青冶猛地抬手,掌心指着凌林。

凌林膝盖顿时一软,跪倒在地。

"啊啊啊啊啊——"凌林瞪大眼睛双手死死掐住自己咽喉,暴涨的脸上露出极端痛苦的表情。

"咚!咚!咚!"凌林狠命用脑袋撞了几下座椅,又嘶叫着滚倒在地,抱住青冶的脚踝。

青冶抬脚去踢,凌林仰起脑袋一个后手翻避开,刷地站起。

"哈哈,"凌林欠欠身,"阁下对我的表演可还满意?"

青冶不愿说话。

凌林理理发型,在一个老弱病残专用位坐下。

列车此时已经偏离了日常的路线,窗口再也没有出现广告。

"嘿。这是要去哪儿?"

青冶没有回答。

"看来是个挺远的地方,"凌林说,"坐下来聊聊怎样?"

青冶没有动。

"教授死前没在系统里留言?"凌林问,"还是说,你不敢相信他的答案?"

日光灯忽明忽暗。

"啊,熟悉的感觉。"凌林说,"没想到吧,我也会做梦哟。"

凌林眯起眼睛,身体随着车厢轻摆。

"就像又坐进了飞机。"

飞机在雷暴中穿行。下方是大海,上方则是无边无际的黑云。

"砰!——砰!——"

叉状闪电在机翼旁落下。一道,又一道。

微弱的光亮照出了机舱中的人影。

人们面对面坐成两排,男性居多,年龄从二三十岁到五六十岁都有,全都一言不发地垂着脑袋。

凌林也坐在其中。

头顶的一盏红灯旋转着亮了。

所有人一起低头去看手机。

屏幕上标示出了飞机的位置,飞机正飞向一座孤岛,随即进入了可以跳伞的区域。

很快有人站起身,消失在了舱门之外。

一个,两个……

如果飞机飞出了跳伞范围,留在飞机上的人就得死。在飞机上说话会死,在空中被雷电劈中会死。落在树上,碰到电网,被风吹翻,被伞绳缠绕,会死。

如果成功落在地面,前方等待的依然是无穷无尽的死亡。

无数次回到这儿,或说死在这儿的凌林十分清楚。

这里就是死的世界。

凌林张开双臂,微笑着走出了舱门。

孤岛方圆几十公里,过去应该是军事基地。

岛上有雷达站、飞机场、靶场、地下军火库、瞭望塔、集中营、医院、学校废墟,甚至还有一个小型游乐场,地形上有平原、林地、沼泽、沙漠。

这一切都被无尽的暴雨覆盖着。

与暴雨同时覆盖着孤岛的,还有取之不尽的武器。

与无处不在的废土气息不同,这些武器都功能完好,保养精良。

匕首,电棍,撬棍,镰刀,砍刀,斧头,弓与弩,瓦斯弹,震爆弹，沙林弹，P92，GLOCK，USP，P226，P1911，M416，SCAR-L，AK47，AKM，SG552，M60，M249，SKS，Kar98K，M24，Scout，SG-1，AWM，AT4CS……

除了核弹，几乎人类历史上所有可以高效率杀人的工具都出现在了这个岛上。有了这些工具，就算是家庭主妇或是小学生也能轻松地杀人。

这儿不是梦的世界。

凌林曾在落地时就拿到链锯，转身将另一个尚未落地的跳伞者迎面劈开，在剖裂骨架的可怕噪声中，内脏的碎块如暴雨般落下，像肖申克的海报。

凌林杀死了那个跳伞者后被身后的机枪扫射。M60射出的子弹如同金属水流，将凌林的身体从腰部切开，上半身斜飞出去，凌林歪着脑袋看见自己依然站在地上的双腿，几秒之后才向前滚倒。凌林承受着死的痛苦，以及比那痛苦更让人难以忍受的无聊，等待着下一次复活。

——这个岛上没有时间概念。

头顶是永恒的黑云，向外是无尽的黑浪，踏入海中的人一瞬间就无影无踪。

人们并非平白无故地杀戮。岛上遍地丢着传单。传单上用几十种语言宣告，只要杀光所有人，成为最后的胜利者，就能永远离开孤岛。

飞机一次送来100人，理论上最多只需杀死99个就行。

凌林最多杀死过29人，不过凌林觉得那传单应该只是玩笑。

落雷劈中树枝，枯木在火中燃烧。

用极其稀有的战地医疗包缝合伤口,以火焰消毒,鼻腔中充满了蛋白质烧焦的气味。

每一次死,哪怕被斩首也努力保留意识,凌林感觉整个海岛翻转着朝向海底,所有的尸体被抖落深海,血污洗刷一清。

再次睁开眼睛时又坐在了飞机中。

"人们为了提高获胜的概率,常常会自发组队。"凌林说,"两人组最多。三人、四人、五人也有,最厉害的一次,我一个人干掉了七人组,不过最后还是不小心死了。"

"我常常会想,如果能有个队友,我就能活到最后。"

凌林向青冶转过头,"加入DW怎样?"

"啊哈,"青冶笑,"你不是自己都说了吗?你要活到最后。"

"是的。"凌林说,"我想向你提供的是——那个活得最长的死者。"

车厢内忽然变暗,照明灯消失的同时黄色的应急灯亮起。

在一明一灭的瞬间,凌林已经再次站到了青冶的对面。

"既然冈格尼尔对我无效,那你也该明白我到底是怎样的存在了吧。"

黄光照出凌林俊美的侧脸。

"冈格尼尔的发动依赖着人类的因果。

"人出生的那一点,被确定为人的那一点,人生开始叠加信息,世界像从那一点射出的光束,在洒满了玻璃块的宇宙中延伸。光束接触到玻璃块时发生变动,那里就是人生的节点。如果被人看见,就叫做人生的转折。重要的考试,恋爱,求职,结婚或是离婚,疾病,亲人的死亡。

"然而人们却不知道,过一条斑马线也可以是节点,踏上自动扶梯或电梯,坐一次地铁,在自动售货机买一罐饮料,摸一只猫,读一本书,看一场电影,打一次羽毛球,都可能是极其重要的节点。

"人们无法感知那些隐藏节点。而冈格尼尔却可以看见这条细线,通过触碰那些玻璃块的方向,将世界线导向死的终结。"

"而我的起点——"凌林微笑,"好比那个孤岛游戏。"

"无数精子卵子在实验室的黑箱中混乱杀戮,生成的受精卵再进行一轮又一轮的杀戮杀戮再杀戮,最终只有一颗生还。

"在那无数的死的叠加中,一切因果都变形模糊,无迹可寻。

"世上存在没有起点的线条吗?那么要如何去扰动?作为那无数的死凝成的一点,我的存在,就是因果的——"

说出"终结"的同时,凌林身子一闪。

青冶没有看清他怎样移动的脚步,凌林已经贴着鼻尖站到面前。

青冶挥出一拳,凌林轻巧地闪开,退回了原来的位置。

"太慢了。"凌林说,"怎么样?感觉到实力的差距了吧?这就是完美人类的基因。"

"实现这种完美进化的唯一方式,就是——"

"——人造人。"

青冶保持沉默。

"嘿嘿,敢不敢卸下冈格尼尔的保护,像个真正的人一样和我堂堂正正打一场?"凌林笑看青冶的眼睛。

"在你们这些家伙的眼中,我根本就不是人类吧。"凌林说,"不过你们却忘了,人类历史上并非没有出现过我这样的存在。"

"从生物学上来说的确是人,但——"凌林说,"好比那个被钉在十字架上的家伙，到底是不是人？"

"呵。"青冶笑了。

"听过那句话吗？"凌林十指交叉，"愿你的国降临。"

"这个愿望并非是让人们飞上天堂，而是让天堂降临人间。

"拯救人类脱离罪恶、痛苦和死亡。不正是DW正在做的事儿吗？"凌林摊开手。

"在DW的维护下，新都的犯罪率不断下降，DW小区更实现了零犯罪。孩子们在宽敞的花园中尽情玩耍。

"DW信心分系统让一切都有了保障。新都的医疗、教育、交友、恋爱、就业等都在用。

"信心分系统的实名用户已经达到了5.5亿，新都99.89%的居民都在用。在新都，DW比你自己更了解你适合什么工作；更明白你该交哪些朋友；周末做些什么会让你更快乐；当系统匹配出了最适合你的另一半时，你难道不觉得天国正在降临？

"人类千百年来第一次从无谓的思考中解放，尽情享受那无穷无尽的轻松与快乐。"

"DW真正实现了为最多的人们带来最大的快乐，也为这个国家带来了最大的繁荣，"凌林张开手臂，"一个乐园般的国度，正在降临人间。"

"呵呵，边沁么，"青冶向前踏上一步，"那么就回答我一个问题——"

"生活在乐园中的人们还拥有自由吗？"

"那当然，"凌林摊开手，"乐园中的每个人都自由自在。"

"骗子——"青冶抽出了短棍。

"DW所谓的乐园,不过是鸦片屋。真正的自由并不是什么快乐自在,"青冶将力量注入肩膀,"而是按照自己的规则去生活。"

"DW作为智能助理,已经替你把什么都想好了呗。"凌林以微妙的速度后退。

"人之所以为人,是因为我们拥有自身。"

"我的生活,我的人格,我的生命,它们并不是任由社会整体或是自称代表了它的什么,随意处置的东西。"

青冶走向凌林。

——只需要再踏上一步。

"如果有人能够替我决定吃什么饭,上什么班,交什么朋友,那么,那个人就是我的主人,而我就只是一个——"

列车突然震动,青冶趁势跨出一步,挥棍迎面劈去。

"奴隶!"

击中了!

再看却是外套,凌林甩出外套向后撤步,退入了前方的车厢。

青冶再次追上,连续劈击,凌林全部闪开,他的身手非常灵活,即使单方面进攻青冶也耗费大量的体能。

"喂,你真以为能凭这点儿匹夫之勇打败我?"

"能!"青冶劈下一棍。

凌林迅速一闪,拉开距离。

"哎,"凌林做了个休战的手势,"再给我一分钟嘛。"

青冶站住脚步。

"对艺术有兴趣吗?"凌林说。

青冶没有回答。

"人类所有的艺术形式中,最有趣的要数四格漫画,所有的四格漫画中,最有趣的要数1933年的一幅。"

青冶保持沉默。

凌林用手指在车窗玻璃上画起四格漫画。

"第一格,右方放着一座黏土雕像,塑造了一群互相争斗的巴掌大的小人。雕像后面蜷着一个戴黑框眼镜的瘦子。雕像的左侧,站着一个昂首挺胸的小胡子男人,轻蔑地看着这团难堪的小人。

"第二格,小胡子男人举起铁拳,在怯懦的黑框眼镜面前将这些小人和他们的纷闹一同砸烂。

"第三格,小胡子男人专注地将黏土重塑。

"第四格,一个远高于之前那群小人、如大卫般强壮完美的人类在他的手中现身。"

凌林画得惟妙惟肖。

"呵呵,"青冶说,"混蛋。"

"哈哈——"凌林说,"看来你我都知道那位伟大的人类雕塑家是谁了。"

"演化主义,这就是科学的答案,"凌林说,"人类并非什么亘古不变的东西,而是一个会进化或退化的物种。

"比如你——勉强还算个人吧,但看看你周围的那些行尸走肉,他们还算人?

"1859年,人类第一次提出了这样的观点:物竞天择,适者生存……"

青冶不说话,凌林的声音渐渐与记忆中的某处重合。

中学时的青冶曾经认为,生物的进化一定也在某种程度上反映了生物的意志，那美好的姿态，或许也是生命自己想要成为的样子。但生物学却不这么认为，自然博物馆的机械女声一遍遍强调：无论多么奇妙的生态，其诞生、发展、延续和消亡，无一不是自然选择的结果。

"……然而自由主义却逆天而行，允许精神病、懒惰、愚蠢这些劣质基因存活繁衍，完全破坏了自然秩序。那些真正完美的人类基因，就被淹没在了垃圾的海洋里。

"好在科学的进步赶在人类大灭绝之前，智能改造，DNA编辑，人造碱基——一切都在指向演化主义的伟大复兴。

"演化主义并非反人类，而是比任何人都相信这具躯体的潜能。DW所做的，就是将这一潜能彻底挖掘，进化出更智慧、更有力的人类。"

"——想想我这么一个实验生物，竟然成为了DW的领袖。"凌林说，"这不正是演化主义的伟大证明么。"

实验生物……青冶看着凌林。

"平心而论，那位导师确实有误，现代科学证明，雅利安人的基因并不比犹太人、吉卜赛人优越。但却并不影响他伟大的观点——"

"所以那家伙的手段，你也要一一使用么？"青冶打断凌林。

"一切为了人类的进化。"凌林说，"把你的基因也贡献出来吧？"

"当！"青冶抡起短棍，两人再次战到一起。

激斗中，两人一步步移向车头。

"呼——"凌林解开衬衫领口。

青冶扯下运动服向后一抛，只穿着青色的T恤衫。

"哎哎，暂停暂停，"凌林说，"为什么每次见你都穿着青色服装？"

青冶微微一笑。

"难道又是什么古老的执念?"凌林叹了口气,"长洲,真是堆积了太多的不良传说。"

"公元前209年,暴君无道,生灵涂炭。末世之中,一块陨铁天降长洲。有位猛士知道了,就找到了长洲的名匠,用九天九夜将这块陨铁铸成了一根神戟。猛士就此在长洲起兵,以一身千古无二的武艺挥舞神戟,征战沙场,最终大破王师,伐灭暴君,立下不世之功。"

青冶听过这部评书。

"然而暴君虽死,天下却未获太平。猛士起兵八年,历经七十余战,所挡者破,所击者服,未经一败,最后却还是被敌军围困。猛士明白了,说'这都是天要亡我',最终挥刀自刎。"

青冶握紧拳头。

"如果说继承那分勇猛是你的命运,那栽在我的手里也是你的命运哦。哈哈,请问,"凌林说,"那位勇士是在哪儿自刎的?"

……D……W,青冶难以相信还有这样的巧合。

"我就是你命中的克星。"凌林翘起嘴角。

青冶挥棍而上,凌林向后闪躲。

"呵呵,勇猛的另一个意思就是无谋,勇气换个词儿就是愚蠢。瞧瞧你自个儿,世界早已告别了冷兵器甚至热兵器时代,你手里却还拿着一根猿猴的木棍,想要打败站在智慧与科技之巅的未来主宰?"

"未来?主宰?"

"有个动画片不就是说这个的吗?"凌林笑,"在不远的未来,小部分人类使用DNA编辑技术进化为完美强大的神人,而另一部分则因基因污染技术退化为鼠人,世代为奴。不过感觉咱们这会儿也差不多了,你和DW小区中的居民,哪里像同一个物种?"

"凡拥有知性的存在,皆应享有相同的权利。"青冶说,"这是民主主义的大原则!"

"哇哈,看过的看过的。"凌林一阵大笑,突然变脸,"那我问你,人造人是不是也该拥有和自然人相同的权利?在你们自然人实验室中死去的9233个像我一样的人造人是不是也拥有相同的权利?"

青冶无法回答。

"哈哈哈,"凌林大笑,"自然人到底是伪君子,还是精神分裂?"

"这个时代,是你们的历史中第一次认同所有人都该享有基本的平等,然而你们又同时竭力打造一种永久性的不公。

"中世纪的王子和贫农之子在体力和智力上差异无几,但现代人却用科学将这种差别无限扩大,甚至从生物学的根本上永久固定下来。

"既然社会的本质还是弱肉强食,那么即使是一只吃人的怪物,只要拥有力量,人造人统治世界有什么不对?"

青冶无言以对。

"这不是对你们的复仇,而是自然的选择。管理者的个体能力完全凌驾,管理系统的控制力空前强大。未来已经毫无悬念,社会顶层的旧人类以财富进化,而低端的旧人类则持续劣化,恐怕将来作为劳动力都不顶用,要不就做宠物、食用动物?"

青冶咬牙冲上。

"哈哈，你这家伙倒是精神可嘉，"凌林精确地闪避，"还挣扎个啥，就算能再干掉几个改造人，你也永远无法颠覆神格化的DW主脑。"

青冶瞪着凌林用力喘息。

"嘿，瞧你那件破T恤。"凌林说，"只为区分阶级高低，服装厂就能办到。"

"然而构建在数据之上的主脑却能实现无限细分。人与人之间任何的微小差别都会被数据精确放大，就像贴在教室墙面上的成绩单，差异就是那样一览无余，人们最终会疏远、憎恨、害怕身边的每一个人，唯一能够相信的就是最了解他们的主脑——"

咣！车体猛烈震动近似倾倒。

青冶挥上一棍，凌林向后跃出靠着立杆，青冶踉跄一步重新站好。

"累了就先坐会儿？"凌林说。

"哼，"青冶笑了，"你知道这辆车正在开向哪儿？"

凌林沉默下来。

实际上——青冶也不知道这辆车会通向哪里，轨道交通的设计图就在那里中断了。

之后是铁壁也好，岩层也好，深渊也好，总之一切都将在光与火中终结。

"命运的克星，天知道是怎么回事。"青冶翘起嘴角，"不过我却知道，什么是DW在这个世间的克星。"

"不管有意无意，你已经自己说出了答案，"青冶露出微笑，"你真正恐惧的是——14ALL。"

凌林保持沉默。

"3人队、5人队、7人队你都能干掉,那么,"青冶说,"99人队怎样?"

如果99个人并肩而战,就能最大限度地将恶锁死在孤岛。

凌林退后一步。

"冈格尼尔杀不了你,但它所搭建的14ALL体系,却能最终消灭DW。

"完全监控也好,社会指数也好,主脑算法也好,DW将彻底矮化、奴役人类称作完全解放。但这一切,都将在14ALL的面前灰飞烟灭。

"科学可以成为锁链,也可以成为翅膀。"

凌林的脸上闪过从未有过的狰狞。

"人们将不再受控于你的数据之神。真正的答案就在身边。"青冶露出微笑。

"14ALL搭建了一个去中心化的价值传输网络,使大规模无中心的协同成为了可能。"

从此世间不再需要强权,不再需要那代表真理的唯一的中心。它让珍贵之物隐于底层,隐于每一个连接。那并不是蘑菇云般的庞然大物,但却可以无处不在,滴水穿石。

"去中心化的意思,并不是消灭中心,而是让人人都成为中心。成为拥有平等与尊严、可以互相支持互相信赖的存在。"

"呵呵。"凌林抽动嘴角,连连摇头。

青冶微笑。"这个网络从来不为那唯一的中心而建,而是为了人的联结。为了让人们并肩而站,握起手来,对抗那些无法独自对抗的事物。"

凌林沉默。

"可别小看了这片土地上的人们,他们远比你想象得勇敢。"

青冶眺望着超越狭窄空间的远方。

"山挡住了家门就移开山,海淹没自己就化身为鸟去填海。"

即使明白自己或许无法真的战胜那样的庞大之物,人们也毫不退怯地踏上一步。在那一瞬放射出属于自己的光芒。

"社会可以轻易就改变人的未来,然而人也可以改变社会,只要有人行动起来,世界就会改变,这一步也会改变某个人,每一天都持续改变着。"

"总有一天,那个人人都握紧了双手又无限自由的世界,一定会实现。"

凌林一步步后退。

——时间就要到了。

青冶在心中向着遥远又亲切的某处祈祷。

"14ALL托付的那个东西,并不具有清晰的固定价值。它的价值取决于愿意接受它、守护它的人们,取决于人们对于它的未来,以及它会带来的那个世界的信心。"

"呵呵呵,"凌林的嗓音颤抖,笑容僵硬,"你说的那是啥?比特币?"

置身于深暗地下的某处,青冶的心中一片蔚蓝。

反抗那被设定的命运,砸碎枷锁去开拓新的可能——或许这正是"生命"这一概念的本质。

将那无限灿烂而永久的人类可能性,平等地赋予每一个人。

"那就是——"车体突然剧烈晃动,失重的一瞬青冶跃向前方,用尽全力将凌林压在车头。

"正义!"

"轰轰轰轰轰轰轰轰轰!——"

19 守木

这就是警察的工作

新都23号特别战斗物资储备室。

区域入口处打开的瞬间,一个身穿黑色作战服的年轻女子大步走进访问区。

管理区内正坐在办公椅上玩手机的一男一女立即立正敬礼。

黑衣女走到两人面前,桌上的手机屏中显示着某个直播画面,黑衣女立即皱起眉头。

男工作员连忙关闭屏幕,大声说:

"23特战储等待指令!"

黑衣女扬起下巴,将一张磁卡交给两人,摘下手套,同时接入虹膜识别设备。

"EEI验证通过。"男性工作员报告。

"生物信息验证通过。"女性工作员报告。

"T4016长官,依据您的当前级别,可开启L3级以下特别物资使——"

"Magi 系统已开放 I 类行动特别处置方案，"黑衣女打断男性工作员，"向 Magi 系统确认我的权限。"

"是！"男性工作员再次插入磁卡。

"报告，T4016 长官，您已获得 23 储备室全物资使用权限。"

男性工作员的脑门上渗出了汗珠，依据该级权限，包括自己在内的两名工作员也即刻成为了对方的部下。

不管外面出了什么事，可别让我们上战场呐。两名工作员交换了一下眼神，将挂在胸前的 MasterKey 摘下同时插入了系统。

"23 特战储等待指令！"

"REVISION 装甲 I 战斗配置。"黑衣女命令。

"是！REVISION 装甲战斗模块开始充能。"

"NETT 制导系统绑定。"

"是！NETT 开启 AutoMissile 控制台绑定。"

"LandShark 全置。"

"是！LandShark 战车开启最大火力配置。"

"SpiderWarrior 准备。"

"报告长官，SpiderWarrior 编队维护率 63.9%，低于推荐启动标准。"

"立即启动。"

"是！"

"ARES-1 启动，JTR 专属指令启动。"

"是！"

……

工作员的手指在控制台上迅速移动，天知道外面发生了什么事，这是战略安全部的操作考核吧？一般 T 特只是来领两把枪，现在已经把能用的战力全部解锁了。

"07—05 出发台已开启，等待您的指令。"

"出发。"

"立正，敬礼！"两名工作员向黑衣女敬礼。

通向出发层的电梯在这时打开，黑衣女走进电梯，电梯门立即在身后合上，"嗖"地飞离。

"啊——好帅，"女工作员说，"我也想当 T 特呐。"

"没想到 T 特的身材居然那么好，"男工作员感叹，"我还以为只有像你这样的 2D 身材才能当 T 特呢。"

"什么！"

"不过，这个见习警的身材也不错啊。"男工作员再次打开手机，"看样子已经快不行了吧。"

"喂，"女工作员歪着头，"T 特不会是去救她的吧？"

"怎么可能！出动这么多战略级装备去救一个小警察？"男工作员笑了。

"哇，快看，有人出了一百。"女工作员尖叫着，"要电了要电了！"男工作员也凑过去看。

女工作员肩头一颤，向后瘫倒在工作椅上，"可怕可怕。"

"嘿，怕就别看了呗。"

"又来了！"女工作员只管盯着屏幕，"五十的。"

未回收的 MasterKey 还插在控制台中。

"不知道我们的 ID 卡能领到什么权限的装备。"男工作员突发奇想。

"P226这样的吧。"女性工作员随口答道。

"我感觉不止,应该至少能领到QBZ-15自动步枪吧。我们的射击训练课里不也有步枪么?Lv8?Lv7?"男工作员跃跃欲试地将自己的ID卡插入识别口,"不过再高就不可能了。"

"哇!"他发出一声怪叫。

女工作员抬起头,屏幕中显示着和刚才一样的答案:

"AA/全权限"。

"你想要一个壮烈的结局,我就给你一个壮烈的笑话。"凌林穿回了黑色西服。

车窗外忽然一片大亮,刺眼的灯光射入车内,照出一个跪倒在地的人影。

"哈哈哈,这回明白了吧?新都的地下是谁说了算。你的地图和我的地图可差远啦。"

17号线列车缓缓驶入了9号线的站台。

晚高峰已到,站台上密密麻麻地站满了人。

"噢对了,喘一会儿再走哦。这是特别针对你DNA设计的强传染性病毒,潜伏期长,发病剧烈。对其他人来说几乎没有症状,对你可是非同小可。"

"病毒用DW的网络散播,一瞬间就感染了五百万人。也就是说在新都每两个人中就有一个能杀了你,果然,就算是冈格尼尔也无法抵抗这五百万人的因果。"

"看这个状态,你已经到了第三阶段,最多还有6小时,"凌林看看表,"嘿嘿,你的命运已经决定,你的灵魂要是找得到天堂的话，今天晚上你就该去找了。"

"至于14ALL，无论是怎样的推选机制，积分榜的前一百，不，一千名都被我们DW员工承包了。到时候，不管是他们中的谁拿到了控制权，都会立即转交给我。"

凌林的手机"叮咚"一响。

"哎哟，LandShark。切换Camera 79，Camera 74，哇，Spider，Camera 42——连Auto Missile都用上了，荣幸之至，真是荣幸之至哈哈哈。"

"随便打，随便炸。"凌林放回手机。

"至于你，我可十二万分期待你能活过零点，看一眼我创造的美丽新世界。"

列车缓缓停下，车门在站台打开。

"Bye—Bye。"凌林挥了挥手，人潮涌入车内，遮盖了他的背影。

短暂的停顿之后，电击再次开始。

冰冷的汗液向皮肤中渗透，守木止不住打战。

在这里漂了多久？意识已经渐渐沉入水底。

在黑暗的深渊中，放着火山口大小的黑色铁罐。

铁罐中漂出一缕缕黑色水草。

再仔细看，那是无数只抽动的细手。

不能被那东西碰到。

守木挣扎着想要上浮。然而手腕也好，脚踝也好，都无法动弹。自己被铐着这件事，全世界的人都比自己更清楚。

水面传来遥远的雷声，噼啪作响的暴雨落在水面，却没有溅起一丝涟漪。

这就是我的结局了吗?

心中浮起一点遥远的粉红。

"守……"

啊……那儿有人呼唤着自己的名字。

守木松开手,飞向那摇曳着的粉红色光点。

"守木!"

嘴上的胶布被一把撕下。

"小……心……"守木说。

"突突!"扑在自己身上的人影被微型冲锋枪打翻出去。

"死吧!"猴面怪踏上一步,用微型冲锋枪指着地面。

"砰!"

猴面怪的脑袋在空中炸裂,一声不吭地跪倒在地,倒向另一侧。

人影摇摇晃晃地站起。

"可别……小看了……数据警。"

人影切断了电极,镣铐在一瞬间断开。

守木张开眼睛。

"……筱……美。"

筱美的左肩被冲锋枪打中,左臂摇晃着挂下,已经无法包扎了。

"要是,把那个坏掉了的防弹衣也穿着就好了。"筱美冲守木一笑,"……对不起,我来晚了。"

守木用力抱住了筱美,"坚持住!大家呢?"

"……呵呵,没有大家。"

"警视厅一直试图切断视频,他们已经放弃你了。"

"筱美！坚持住，"守木说，"我去找救护车。"

"仔细，听好，"筱美拽紧守木的肩膀，"看这个。"

守木从筱美手中接过手机。

屏幕上显示着一张奇异的列表：

    DW 即时追踪结果：守木［I 类管控人员］

    用 Baido 搜索：14ALL，社团，爱德华［受限内容］

    用 Baido 搜索：长洲，群体性事件，新纪元工程［受限内容］

    支付通消费：天狗商城购买《一部历史》￥52.7

    电话记录：64445555 1 分 52 秒　新都图书馆—资料室［语音详情］

    移动电话位置追踪：开启—最后已知位置：平安区—长平西路

    微讯钱包消费：小方蛋糕　新北路店￥7.2

    推博动态：转发 1：什么是奥威尔主义。转发 2：SPACS 完成猎鹰重型侧面助推器静态点火测试。

    OTO 单车位置汇报：长平西路—思兰路［点击详情］

    面部追踪：开启—实时位置：平安区—思兰路—新都眼科医院

    用 Baido 移动客户端搜索：新都垃圾分类

    医疗追踪：新都眼科医院　羟糖甘滴眼液 X2　医疗余额自费￥94.2

用 Baido 搜索：浣熊　丢失　走失　动物园

微讯钱包消费：餐饮　同兴面馆　蔬菜面￥15

微讯钱包消费：服装-Air 舒爽 Bra 背心 Navy　50％ off ￥79

用 Baido 移动客户端搜索：641，Room641，DeepWater

［受限内容］

……

守木滑动手指，更多的记录从屏幕下方涌出，守木惊呆了，这里记录着自己的一切。

"这就是，641 房间的真相。"筱美笑了一下。

"最有效的安保就是彻底监视一切。整个新都都运行在这套 DW 监视系统之下，64 亿个采集单元不分昼夜地收集每个人的数据，提供给作为城市运行基础的主脑，这就是——"

"智能都市……"守木明白了。

"这是由警视厅与 DW 开发运作的绝密项目。最初设计为一个主数据中心，两个备份中心，由警视厅特别信息科管理。现在已经扩大为十三个中心，全部托管给 DW。数据中心全部建在地下，与现有的轨道交通网络通过特殊路径相连。"

"为了限制 DW，所有数据中心的最高权限都被永久设计为警视厅管理。DW 通过放置在警视厅内部的服务站提供警视厅要求的数据。"

这就是 641 房间。

"那个空间完全电磁屏蔽，在 6 层并没有正常的出入口，只在 8

层设计了一个小型通风口,技术人员就从那里爬下去进行物理维护——咳呼——"筱美发出一阵骇人的喘息。

"筱美,出去了再说。"

"不。"筱美扯住守木,"仔细听好了。"

"DW长年在警视厅内部收买警员,警视厅发现后就派我去做卧底,DW发现后又逼我成为他们的卧底,我就不断为双方提供情报。

"DW就像一只长着人脑的野犬,这些年一直在寻找摆脱警视厅的机会。警视厅也知道DW的想法,始终牢牢抓着锁链。只因主脑系统运转良好,双方都获益颇丰,所以一直维持着合作。"

"直到今晚——"筱美吐出一口鲜血,可以活着说完吗?我可没有主角光环。

虽然不知道怎么回事,今晚DW的重要人物全部离开了新都,留下的都是弃子。

"守木,逃吧。"筱美感觉超乎想象的可怕事件即将发生,"用那个电梯去地下停机坪,那里有飞行器。"

筱美将手枪塞进守木怀中。

只有你我不想失去。

"我使用DW的权限,这么多年一直监视着你,一半是因为工作,一半是因为——"

我喜欢你。筱美盯住守木的眼睛。

"筱美……"守木抱紧筱美的脑袋。

监视这工作真是不好做。贪婪,懒惰,冷漠,放纵,虚伪,奸诈……当人们以为无人知晓时,立即毫不掩饰地释放出心中的黑暗……看得越多,就越觉得DW干得不错,这些家伙活该被监视被敲诈，这样的城市活该毁灭了更好。

"——只有你。"

如果说这个城市中还有一个人值得拯救——那就是你。

一群人时也好，一个人时也好，你的心中没有一丝污垢，虽然有点儿固执，有时候幼稚得好笑，但就连这种幼稚也确实地救赎了我。筱美能够想象自己的笑容有多糟糕，但还是努力挤出笑脸。

不过，除你之外，新都的每个人都该去死！那些掏钱电击你取乐的人更该碎尸万段！从这无数屏幕中看见人心黑暗的你，一定能明白吧。呵呵，我也快要死了，就算我死也要把这个罪恶的城市一起拖入地狱。筱美的脸上染着一层奇异的光泽。

手被守木握起，贴着柔软的脸颊。

从上方滴落的热泪落在指尖，透明的水滴洗刷着筱美手上的鲜血。

"筱美……看那里。"

筱美睁开眼睛望去，屏幕中是一个捂着脸哭泣的中学生。

"那个人，刚才将我的身体作为了满足个人欲望的工具，现在却在后悔流泪。

"人这东西，无论谁的心中都存在着阴影。

"但是，影子的存在也意味着存在光，向着远离阴影的方向哪怕踏出一步，也会更接近那属于自己的光芒。"

守木……筱美的眼中涌起泪水。

"筱美，看上面。"

筱美抬起头。

啊……这是什么呐。

泪水止不住地冲出眼眶。

无数个画面铺展成天穹。画面中有握紧拳头挥舞的青年，跪下祈祷的老人，聚在十字路口的上班族，推婴儿车的妈妈，蛋糕店的师傅，救护车中的医生，举着"警察姐姐加油"横幅的中学生们……

人们有着相同的口型，看着就仿佛听见了声音。

"加油啊，"一个青年说；"加油噢，"一个老人说；"加油，"一个妈妈说；"加油，"一个孩子说……"加油！""加油！""加油！""加油！""加油！"人们挤满了屏幕，覆盖了整个天空。

"这是……新都……的……"泪水喷出了眼眶。

"嗯。"守木凝望天空。

"这些都是新都的人们。"

守木……无论他们多少次伤害过你，或许未来还会继续伤害你，你也要将他们一并拯救吗？

"无论他们多少次伤害过我，或许未来还会继续伤害我。"守木微笑着说，"我也要将他们一并拯救。"

啊……筱美看见守木的身上放射着一团融融的光芒，"为……什么……"

"人的心中存在着可以拯救的东西。"守木向着天空露出微笑。

"而且——"

而且……

"这就是警察的工作。"

"——哈哈哈哈哈，"筱美大笑着喷出眼泪，"还真像是你会说出的答案。"

"去吧——"筱美将手机递给守木。

"Y8K9。这些年我弄到的唯一情报，DW 始终以最高密度追踪着这个坐标,如果说还有什么可以打败 DW,那这一定就是……唯一的答案……"

筱美的声音渐渐变小。

"筱美……"守木感觉她的体重正在渐渐消失。

"包……"

守木拿过只剩一半的背包,从中取出了一个奇迹般完好的塑料袋。

塑料袋里装着自己的警服。

筱美露出微笑。

守木穿上警服,向筱美立正敬礼。

天穹中闪烁着无数的繁星,守木的警徽也在其中闪闪发亮。

"……谢谢你。"

20
青冶

流星的证明

新都心中央塔是人类历史上首个超过一千米的建筑，拥有当今世界最高的自立支撑架构。一根由地下延伸至地上188层的核心柱支撑起整个塔楼，原计划705米，第二次设计为819米，随后改为909米，最终确定为现在的1024米。

新都心中央塔拥有全球最快的电梯，速度达到了27米每秒。不过并不能通过一部电梯直达塔顶，中间需要经过4个换乘平台才能到达第188层。

188层并非人类可以达到的最高处，在那之上还有可以徒步攀登的维护层，刚当上警察时，守木来过一次这里。

此刻守木面对着中央塔，摇晃着站在空中。

飞行器看上去像个大号无人机。黑色十字形底座像交叉的滑雪板，四个螺旋桨托着桌面大小的银色聚酯踏盘，此刻正不断发出尖锐的蜂鸣。

太阳已经落到了地平线之下，只在弯曲的地平线上留着一簇紫红色的云团,世界的腹腔中流出了暗色内脏,黑色楼群张开锐角的巨齿,将那团脏器缓缓吞下。

强风吹得飞行器剧烈摇颤,中央塔的弧面玻璃幕墙也在眼前颤抖,幽蓝的光条像某种奇异的深海生物。

三分钟前飞行器就开启了电量警报,守木否决了飞行器自动降落的请求,切换为手动驾驶。

距离中央塔顶层平台还要爬升一百米,守木拉动操纵杆,笔直朝塔顶飞去。

原以为是针尖大小的一块,踏上之后却发现意外的宽敞。

狂风在落地的瞬间消失。如果不是脑内还残留着空间的记忆,守木不会记得这儿是距离地面一千米的高处。

远处的护栏边站着一个黑色人影,此刻正背对着自己向远处眺望。

男人的肩膀动了一下,他察觉到守木的存在,却没有转过头。

那就是 Y8K9?

守木向那个背影走去,在距离男人五米远处停下。

男人一动不动地趴在栏杆上,一直待在这儿的男人,看见了怎样的日落?

没有时间多想了,守木走上一步。

"伯利兹野生动物园有着全球最大的'浣熊之家',在这里人类与浣熊可以零距离接触玩耍,"守木控制着自己随时都想狂呼的情绪,"然而就在去年的 9 月 16 日,一只浣熊却从那里莫名地消失了。丢失的浣熊叫做'抓抓',雌性,体长 53 厘米,银色毛尖,鼻子与两眼之间有一道清晰的黑纹。抓抓最大的特点是爱与人亲近,会鞠躬、握手。伯利兹野生动物园立即组织了搜寻。然而'浣熊家族'围栏完好,电网正常工作,任哪儿也没有浣熊出逃的痕迹。饲养员们判断,抓抓很有可能并非自行离开。饲养员们将抓抓的照片贴在动物园官方推博上寻找它的下落。虽然时隔一年,官方图片已经删除,但人们转发到其他社区时的截图却保留了下来。"

"猜猜这只浣熊现在在哪儿?"

男人没有作出反应,继续凝望夜空。

"这只消失的浣熊,现在正住在新纪元水电站里。"守木忍不住又走上了一步,"喂,你明白这意味着什么?"

"特洛伊?呵呵,原来如此,"对方好像在笑,"所以才让我来到新都最高的地方,冈格尼尔为了提高我的生存几率,真是费心了。"

"冈格……尼尔……"

"想知道什么就都告诉你好了。"男人语调随意地说。

守木感觉他的声音意外的熟悉。

"很久以前,那还是互联网全面开放的时代。七个极客在一个IT网站相遇,组成了一个游戏开发社团。"

"14ALL。"守木说。

"哦,这个都知道的话,看来可以跳过好长一段解说,咳咳——"对方的咳嗽有些凶险,守木不由想走过去扶住他的肩。

"14ALL做出了一个连演示版都算不上的DEMO,小范围地给朋友们试玩,见过那演示版的人一致认为,这将会成为一个划时代的游戏。然而,就在那之后一个月,14ALL社团的成员一个接一个离奇死去,火灾、车祸、运动事故、失踪、药物过敏……最后一名成员在逃亡中将源文件抛向了互联网,随即在一次空难中失踪,连一点儿音讯也没有留下。"

"但那个游戏却完成了。"守木说。

"是的。"男人点点头,"完美地完成。"

"是社团的某个顾问完成的吗?"

"嘿,连顾问都知道,"男人微微侧过脸,"不是顾问,也不是从哪儿拿到了源文件的爱好者,更不是 DW,不是警视厅。然而,确实有某种意志实现了七人的心愿。"

守木的心脏没来由地"咚咚"乱跳。

"程序中不知何时写入了这样一条。冈,当这个游戏完成时,我们送给你一个远大的名字,那就是——"

"冈格尼尔。"

守木不敢相信自己的耳朵,然而除此之外并没有其他的解释。

"那个继承了社团的心愿,完成了游戏的意志就是——"

"人工智能……"

那个作为新人助手开发出来的 AI"冈",继承着七人的意志,漂流在网络中,一年又一年,最终独自完成了游戏。

"冈格尼尔,成功了。"

男人在这时转身,风掀动着他的发梢。

守木在心中"啊"的一声,新都的天空碎落了一片。

"你是——"男人瞪大了眼睛,久久地看着守木。

守木盯着对方,一下也不敢眨眼。

"哇,"青冶笑了一下,"是兔子警官嘛。"

守木一个劲摇头。

"就是兔子警官嘛,"青冶轻轻叹了一口气,笑着说,"竟然追到这儿来了,你的耳朵呢?"

守木鼻子发酸,抑制着即将涌出的眼泪。

天空已经彻底变暗,地面却没有亮起。

不知是大停电还是限电,整个新都沉默在燥热的黑暗中。

低垂的黑云覆盖着天穹,暴风雨就要来了。

"真是 DW 的风格,"青冶说,"Deluge 计划,好土。"

守木只是看着青冶。

"警视厅认为自己控制了 13 个数据中心的底层权限,无论如何 DW 也不可能逆反。然而 DW 却找到了在一瞬间摧毁这 13 个数据中心的方式。"

"呵呵,真不知 DW 会用什么东西炸毁新纪元。"

守木无法想象这样的爆炸与洪水。新都,这个国家将会沉入怎样的世界。

"说不定这一切在把长洲沉入水下时就计划好了。"青冶抬起头,自己中学时离开长洲,再回头时就只剩一片汪洋。

青冶望着守木,幸运还是不幸,你曾见过的就是长洲最后的桃源。

纷杂的感情堵在胸口,守木担心自己只要张开嘴眼泪就会涌出。

"哗——"身旁传来一道急促的轰鸣。

守木一跃而上挡在青冶身前,向声音的方向拔枪。

一架小型固定翼飞行器擦着中央塔外墙蹿上夜空,划过一道刺眼的白线,向新纪元大坝方向飞去。

"是 T 特。"青冶注视着白线。

飞行器在黑云下滑行,像古代计算机屏保中的星空模拟。

青冶凝视火焰。"1 200 度。"

"嗯?"

"暗红色，600度；深红色，700度；橘红色，1 000度；金橘色，1 200度；金黄色，1 300度；金白色，1 400度；亮白色，1 500度。超过1 500度之后，焰色就会由白转蓝，最终在突破3 000度时呈现出纯粹的天青色，这就是古代冶炼的极限——纯青。"

那个深沉的声音说，并非人在铸剑，而是剑在铸人。并不是在去除铁中的杂质，而是在锻造人的灵魂。

"青……冶……"守木轻念。

"嗯，这就是我名字的由来。"

极目远眺，失去了城市之光的映照，世界像是绝对静止的黑湖。守木顺着青冶的目光望去，那个方向是……长洲。

"凌林说这样的命运只是束缚。"青冶说，"我却从未这样想。"

我生活的大地，久远或不久远的历史，都是我不可分开的部分。我的人生暗含着父辈们的人生，我的人生也暗含着这片大地上所有的传说。

"人生并不是走着走着背上路边的行李，而是背着行李踏上自己的路。"

沉重也好，残酷也罢，在那其中或许也包含着过去的人们寄存的某种力量。将这力量背负着向前，最后在某处交付给某人，或许就是出发的意义。

"嗨，真没想到，"青冶微笑叹气，伸出手比划，"居然一下就长得和我差不多高了。"

守木说不出话。

警用步话机突然响起，守木立即抽出应答。

"二级见习警员守木，我是警视厅厅长朝泉。"

"是!"

"我以警视厅最高行政长官的名义在此授予你 T0 级特战人员最高权限。新都一切机关,枪械、通讯、载具都无限使用,不惜一切代价,一定要赶在 DW 之前——"

"——保护这个城市!"

"——夺取冈格尼尔。"

双方的声音重叠了。

守木握着通讯器发愣,在对方又说了一遍"夺取冈格尼尔"后切断了通话。

新都的夜空十分深沉。

青冶在寂静的天地中抬头。

"那是爷爷的爷爷告诉我的传说。宝剑铸成的一瞬,五颜六色的光带冲向天空。鹅黄,橘色,天蓝,鲜血般的红色同时喷涌,天空铺满了彩虹。"

青冶望向守木,你的眼底也有彩虹。

"嘿,"青冶微笑,"竟然到现在都不知道你的名字。"

"嗯。"守木望着长洲的方向。"我的奶奶是制药一家的传人,也可以说是个医生,而我的爷爷则是个军人。他在我出生之前就战死了,不过却留下了我的名字。"

守木握紧记忆中的答案。

"如果是个男孩的话,就叫作守中。"

要坚守人间正道,不偏不倚。奶奶说。

也要守护这个国家。爷爷说。

"如果是个女孩的话,就叫作守柔。"

做一个文静温柔的孩子。奶奶说。

去守护那些柔弱的生命。爷爷说。

"搬到了新都之后,一个来访的老朋友告诉奶奶,女孩的名字中不宜含有兵器。因此就将'矛'去除,改为'守木'。"

——然而那才是我的真名。

"要是你不出现在这里,那才叫奇怪。"

青冶歪过脑袋,看着守木微笑摇头。

"冈格尼尔,是上古神话中大神奥丁使用的矛枪,能够贯穿一切防御击中目标,无论罪恶躲在怎样的铜墙铁壁之后也能穿透。

"传说对矛尖说出的誓言,永远不能反悔而必将实现,投出时如流星破空,这就是人们常说的,对流星许愿一定会实现。"

如果说消灭可以作为一个心愿,那么守护也一定能成为一个心愿。

"你的心愿,是什么?"青冶握住了守木的手。

"啊……"

"这支矛,交给你了。"青冶托起守木的双手,将枪口对准自己的额头。

守木呆呆地看着青冶。

"凌林一直没有弄清楚这件事。冈格尼尔的使用权并不能用积分兑换,也永远无法被从外部夺走,"青冶微笑,"这就是传递它的唯一方式。"

人类的每一个进步,从来都不是无条件、无代价的。过去的罪全部由我背负,带上这份力量出发,去创造新的未来。

"像不像灵魂绑定?"青冶微笑。

冈格尼尔建议了六种延续生命的方法,然而这件事还是自己来决定就好。

"冈格尼尔通过学习一代代继承者的言行,去了解何为人类。"青冶笑着摇了摇头,"回头想想,我的所作所为好像也就只是个单纯的犯罪者而已。"

自己所追求的公平正义,或许也只是以牙还牙的等价交换。人类明明应该还有更好的东西。

——不过好在遇见了你。

"兔子警官,能原谅我吗?"青冶凝视着守木的双眸,那是苍穹般透明的眼睛。

"永远都不原谅!"守木一口答道,泪水立即涌上眼眶。

即使你踏过的是这世间的必经之路,我也永远都不原谅。

"嗯。"青冶笑着点头。

"长洲的传说里也有一个地方我不太喜欢。"青冶说。

"陨铁陨铁——改变世界的契机总是来自天外。"

青冶的眼中闪烁着星光。

"如果宇宙中存在着某种未知的神奇力量,那么这力量一定也存在于地球,因为地球正是这广大宇宙的一分。人类与星辰的基本组成物质是一样的,这种力量也一定存在于我们之中。"

守木轻轻点头。

"冈格尼尔一直追问着人的意义。"

是什么让人成为了人?因为能使用工具?因为会四则运算?因为引爆了原子弹?还是因为能修改 DNA?青冶感觉那大概是实验、计算、数据,一切科学都无法触及的世界。

看着默默流泪的守木,青冶冒出了一个或许正确的答案。

看着守木，青冶第一次感觉自己的心中或许也存在着某种柔软。

古往今来对抗罪恶的人们，都在胸中深藏着某个脆弱的东西。与憎恨和愤怒的力量相比，它如此柔弱，如此易碎。然而不知为何，人们却无法将它放下，一代代地怀抱着这脆弱又易碎之物，为了创造更美好的世界努力向前。

那么，这样就好。

——青冶将守木的手指搭上扳机。

"深藏心中的话，说出来很重要。"青冶微笑看着守木的眼睛。

语言不仅只是语言，语言也是行动。

"你被捕了"，"我将这艘船命名为GoingMerry"，"我保证，当战争结束，真正的和平来临时……"这些语言，全部都是行动。

人们做出正当的行动，就成了正当的人，做出勇敢的行动，就成了勇敢的人，无论心中怀有什么，行动才是人在世间的凭据，就连魂归天际的英灵都忍不住要亲自上阵。

所以，说吧，哪怕陈词滥调。

"当你说出这个问题的答案——开枪吧，"青冶露出微笑，"你的心愿就会成为冈格尼尔的心愿。"

而我……会成为剑灵，从这片天空永远守护着你。

高处卷起的狂风掀动两人的发梢，新洲方向传来遥远的炮火，渺小的火光像水面上跳跃的波点。

"守木——"青冶凝视着守木。

"你要守护的是什么？"

炽烈的强风从世界尽头涌来，守木在风中抬起头。

"我要守护的是——"

那是古往今来一代代愚蠢的人们,无论如何也不愿抛下的。
"人类共同的善。"

青冶点点头。
守木扣下扳机。

图书在版编目（CIP）数据

看不见的零等星/吴元锴著.-上海：上海文艺出版社,2018.3
ISBN 978-7-5321-5548-4
Ⅰ.①看… Ⅱ.①吴… Ⅲ.①科学幻想小说－中国－当代
Ⅳ.①I247.5
中国版本图书馆CIP数据核字(2018)第041451号

发 行 人：陈　征
责任编辑：于　晨
封面设计：钱　祯

书　　名：看不见的零等星
作　　者：吴元锴
出　　版：上海世纪出版集团　上海文艺出版社
地　　址：上海绍兴路7号　200020
发　　行：上海文艺出版社发行中心发行
　　　　　上海市绍兴路50号　200020　www.ewen.co
印　　刷：上海华教印务有限公司
开　　本：850×1168　1/32
印　　张：9.125
插　　页：2
字　　数：203,000
印　　次：2018年3月第1版　2018年3月第1次印刷
I S B N：978-7-5321-5548-4/I · 4432
定　　价：39.00元
告 读 者：如发现本书有质量问题请与印刷厂质量科联系　T:021-66243241